Illisibilité partielle

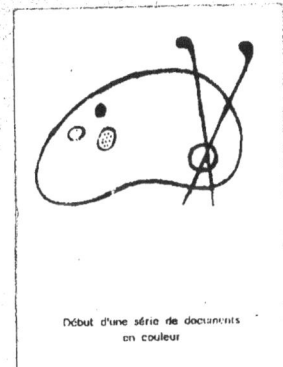

Début d'une série de documents
en couleur

VALABLE POUR TOUT OU PARTIE
DU DOCUMENT REPRODUIT

BIBLIOTHÈQUE DES ÉCOLES ET DES FAMILLES

LÉO DEX

UN HÉROS
DE QUINZE ANS

ÉPISODE DE LA GUERRE DU TRANSVAAL

OUVRAGE ILLUSTRÉ DE 17 GRAVURES

PARIS

LIBRAIRIE HACHETTE et Cie

79, BOULEVARD SAINT-GERMAIN, 79

Corbeil. — Imprimerie Éd. Crété.

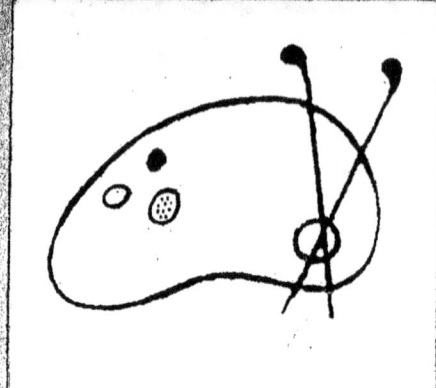

Fin d'une série de documents
en couleur

UN

HÉROS DE QUINZE ANS

OUVRAGES DU MÊME AUTEUR

PUBLIÉS DANS LA

BIBLIOTHÈQUE DES ÉCOLES ET DES FAMILLES

Illustrée de nombreuses gravures.

Du Tchad au Dahomey en ballon. Un volume.

A travers le Transvaal. Un volume.

Vers le Tchad. Voyage aérien au long cours. Un volume.

Un héros de quinze ans. Un volume.

Chaque volume format in-8°, broché : **2** fr.
Cartonné en percaline gaufrée, tranches dorées **3** fr.

316-04. — Coulommiers. Imp. Paul BRODARD. — 5-04.

IL LUI ENVOYA UNE BALLE QUI LE FRAPPA AU CŒUR.

BIBLIOTHÈQUE DES ÉCOLES ET DES FAMILLES

UN

HÉROS DE QUINZE ANS

ÉPISODE DE LA GUERRE DU TRANSVAAL

PAR

LÉO DEX

OUVRAGE ILLUSTRÉ DE 17 GRAVURES ET D'UNE CARTE

DEUXIÈME ÉDITION

PARIS

LIBRAIRIE HACHETTE ET Cie

79, BOULEVARD SAINT-GERMAIN, 79

1904

UN

HÉROS DE QUINZE ANS

ÉPISODE DE LA GUERRE DU TRANSVAAL

CHAPITRE I

UNE TRAGÉDIE PASTORALE AU TRANSVAAL

A mi-pente d'une colline couronnée par les constructions d'une
ferme boër, une autruche mâle, de son pas grave, un peu
indolent, allait et venait.

Le monstrueux oiseau aux plumes noires splendides, au doux
duvet blanc, par moment s'arrêtait; il tendait sa tête fine dans la
direction de la plaine au-dessous de lui et une colère momentanée le
faisait frémir, battre l'air de ses ailes puissantes, frapper le sol de son
pied redoutable; ensuite le long cou de l'autruche oscillait deux ou
trois fois presque horizontal, son œil jetait un dernier éclair, puis
elle reprenait sa marche pour la suspendre bientôt afin de renouveler
sa mimique de colère.

Le spectacle que l'échassier embrassait du regard n'avait cependant rien d'anormal pour ces contrées essentiellement pastorales du
nord du Transvaal. C'était, au pied de la colline en forme de table,
une grande plaine déroulant jusqu'à l'horizon la monotonie presque
nue de son herbe courte et drue; dans cette plaine paissait paisible-
ment un troupeau d'une cinquantaine de chevaux, d'autant de bœufs
aux longues cornes; plus loin un jeune garçon de quatorze à quinze

ans les surveillait à cheval à cru sur le dos d'une gracieuse jument de demi-sang à qui les rênes lâches permettaient de prendre sa part de la grasse provende offerte par le sol de la prairie.

Le jeune Boër tournait le dos à l'autruche, ne la voyait point, ne pouvait la voir tant il était absorbé par sa présente occupation. En travers du garot de sa monture, devant lui, il avait disposé un de ces boucliers cafres très légers, grands comme un homme, formés d'une peau de buffle tendue sur des cerceaux de bois, et dans la vaste gouttière constituée par le bouclier il rangeait méthodiquement les diverses pièces d'une carabine qu'il venait de démonter.

Soudain un cri d'effroi se fit entendre au loin derrière lui. Il se retourna brusquement, jeta sur l'épais gazon le bouclier cafre et l'arme qu'il contenait, arme inutile malheureusement puisqu'elle était démontée, puis à toutes brides le jeune garçon éperonna sa jument vers la cause de son subit émoi.

A un demi-mille de là, au pied de la colline, un fort poney monté par une jeune fille de seize à dix-sept ans venait de déboucher d'un petit bois de cotonniers. L'autruche vagabonde l'avait aperçu, et les ailes à demi déployées, le cou tendu, elle lui courait sus de ce trot formidable qui distance le galop des meilleurs chevaux.

La lutte de vitesse entre le poney fuyant et le redoutable échassier ne pouvait se prolonger longtemps ; aussi en langue hollandaise, sa langue, la jeune fille criait-elle, éperdue : « A moi, Jan, au secours », tandis qu'elle s'efforçait de diriger sa monture vers le jeune garçon accourant.

Cependant l'autruche en vingt de ses énormes enjambées eut rattrapé l'infortuné poney. Elle sembla s'enlever du sol, un de ses formidables pieds se projeta en avant à la hauteur d'une tête d'homme, et s'abattit grand ouvert sur la croupe du cheval.

Le poney faiblit, l'arrière-train écrasé par le choc, et roula à terre pour ne plus se relever.

L'oiseau, contrairement à ses habitudes, ne s'acharna point sur sa victime ; il courut à la jeune fille qui prestement avait sauté à bas de sa monture et à son tour fuyait.

Alors l'enfant, avec une admirable présence d'esprit, se jeta à plat ventre et ramena sa jupe sur sa tête. Un seul coup de patte de l'autruche furieuse lui eût brisé les reins si elle fût restée debout ;

JAN ACCOURAIT.

couchée, l'animal ne pouvait plus que la piétiner sans lui porter de coup mortel, le choc de ses pieds sur un ennemi à terre perdant toute force.

Jan accourait, bravement il comptait détourner sur lui et son cheval la fureur de l'assaillant, seul moyen de sauver la jeune fille que lui laissât la privation de sa carabine.

Mais l'autruche semblait aveuglée par la fureur; elle piétinait toujours la pauvre enfant dont les vêtements s'en allaient en lambeaux; et malgré les excitations de son cavalier, la jument de Jan n'avançait plus, effrayée par l'échassier dont elle connaissait la redoutable puissance.

Jan sauta à terre; en deux bonds il fut à la hauteur de l'autruche; délibérément il bondit sur son dos et serra les flancs de l'oiseau entre ses jambes nerveuses glissées sous les ailes à demi ouvertes.

Sous le choc, sous cette attaque insolite, l'autruche bondit et dégagea enfin la jeune fille. Elle fit quelques pas en courant de-ci de-là, se secouant formidablement pour se débarrasser de son cavalier incommode. Mais, cramponné au cou de sa bizarre monture, l'enserrant fortement, le jeune Boër restait indécrochable; alors l'échassier se jeta à terre violemment et se roula sur le sol cherchant à étouffer son ennemi sous son poids.

Il y serait parvenu et promptement, si la jeune fille, maintenant relevée, n'eût bravement saisi l'oiseau par le cou.

Stupéfaite, l'autruche demeura immobile l'espace de dix secondes; ces dix secondes suffirent au jeune Boër; il dégaina le long couteau passé à sa ceinture et trancha le cou de la bête qui retomba définitivement sans vie.

« Oh! Jan, dit la jeune fille avec un accent de reproche, tu as tué Mooi, la plus belle autruche de la ferme. Que dira le grand-père?

— Fallait-il mieux te laisser massacrer par elle? demanda le jeune Boër. N'as-tu vraiment aucun mal, cousine Bless?

— Un peu froissée seulement, répondit la jeune fille, ce n'est rien. Mes pauvres effets sont en lambeaux, et cet infortuné Riet me semble bien malade. »

Elle désignait le poney étendu à quelques pas.

Animée par la lutte récente dont les périls avaient surexcité la vaillante jeune fille sans l'effrayer, Bless était charmante à cet instant malgré le désordre de ses vêtements saccagés et lacérés par l'oiseau. De soyeux cheveux d'or, actuellement en broussailles, couronnaient sa tête fine, et son teint de blonde s'illuminait étrangement des feux de ses yeux noirs d'une extrême vivacité d'expression; de taille svelte et bien prise elle étendait vers le poney une main ferme mais petite, brunie par le soleil d'Afrique et la vie au grand air.

« Voyons ce pauvre Riet », dit la jeune fille, et elle s'approcha du poney tandis que Jan rattrapait son propre cheval.

Riet, invité à se lever, y parvint non sans effort, et traîné par la bride fit quelques pas en boitant.

« Allons, il pourra rentrer seul à la ferme, dit-elle, je le croyais plus malade vraiment.

— Mais toi-même, Bless, interrogea Jan qui revenait à cheval, tu rentreras donc à pied, car Riet paraît bien incapable de te porter?

— Baste, ce n'est pas loin, répondit Bless. D'ailleurs, ajouta-t-elle aussitôt, voici du renfort, Eland me prendra en croupe. »

Le cavalier, ou plutôt l'amazone ainsi désignée par le prénom d'Eland, était une belle jeune fille de dix-neuf à vingt ans, aussi brune de cheveux et de teint que sa sœur Bless était blonde, mais possédant comme elle dans des yeux d'un bleu pâle ce contraste captivant qui faisait des deux petites filles du burgher Paul Rysker les deux plus étranges beautés du Transvaal. A la couleur des cheveux et des yeux près, les deux sœurs se ressemblaient d'ailleurs physiquement autant que deux sœurs se peuvent ressembler.

Eland débouchait à cheval du petit bois de cotonniers; elle venait sans trop se presser, doucement bercée par ce trot à l'amble qu'affectionnent les chevaux du Transvaal.

A l'aspect de la scène inattendue placée subitement sous ses yeux, la jeune fille, excellente écuyère, mit sa monture au galop, et en trois minutes elle fut à portée de voix des jeunes gens.

« Ah! mon Dieu, s'exclama-t-elle en contemplant avec désespoir le corps de l'autruche. Mooi s'est encore échappé du camp et vous l'avez tué! »

Puis s'apercevant de l'état lamentable des vêtements de Bless :

« Il ne t'a point blessée au moins, ce vilain et cher Mooi? ajouta-t-elle avec inquiétude.

— Non, grâce au cousin Jan, répondit Bless en riant; Jan est arrivé à temps pour m'empêcher d'être tout à fait piétinée. — Dis-moi, sœurette chérie, ajouta la jeune fille en se penchant câlinement sur le genou d'Eland toujours à cheval, veux-tu te charger d'apprendre la mort de Mooi au grand-père? C'est Jan qui l'a tué mais vraiment il ne pouvait en être autrement, Mooi ne se connaissait plus; tu sais quelles colères terribles parfois....

— Oui, sœurette, interrompit Eland, je sais, je sais.... Je sais aussi que Jan et toi aimez assez à vous décharger sur moi des commissions désagréables.... Aujourd'hui le grand-père sera, je crois, moins sensible à cette mort de son méchant favori car il est arrivé des nouvelles graves de Prétoria....

— La guerre? interrogea anxieusement Bless.

— La guerre! exclama Jan dans les yeux duquel passa comme un éclair de joie.

— Oui, la guerre, répondit Eland, la guerre contre ces insupportables Anglais. Ah! le grand-père l'avait bien devinée inévitable.... Le grand-père m'a dit de venir vous chercher tout de suite, il a quelque projet en vue, sans doute, qui ne souffre pas de retard. »

CHAPITRE II

Paul Rysker, burgher d'origine hollandaise, eut deux fils qui tous deux vers 1880 épousèrent des jeunes filles boërs de souche française. Bless et Eland Rysker étaient nées du premier de ces mariages, Jan plus tardivement du second.

Orphelins tous trois de père et de mère, les trois enfants avaient été recueillis par leur grand-père, et le vieux Rysker étant aujourd'hui à demi impotent, l'âme de la ferme se trouvait être la gracieuse Eland, tandis que le véritable souverain du plaats de mille hectares attenant était incontestablement le jeune Jan, cavalier incomparable et hardi, tireur de premier ordre malgré son jeune âge.

Bless, moins autoritaire, plus jeune aussi qu'Eland, se contentait de jouer à la ferme les rôles de second plan. Elle en profitait pour rejoindre souvent le cousin Jan dans les grands pacages du plaats où parfois il lui arrivait de l'aider à faire rentrer dans le devoir chevaux et bœufs récalcitrants....

Paul Rysker attendait ses petits-enfants dans la salle commune de la principale maison d'habitation.

Quand ils entrèrent, il se leva, et leur ayant fait signe de rester silencieux, prit sur la table une grosse Bible à couverture de cuir curieusement ouvragé, à fermoir et coins d'argent ciselé.

Il ouvrit le livre saint en un endroit marqué par un large signet de soie et lut à haute voix un court passage à allure guerrière ; puis il s'assit et sur son invitation, gravement, ses petits-enfants, un peu saisis par les façons solennelles du patriarche, en firent autant.

« Jan, Eland, Bless, commença le vieillard, vous êtes mes enfants bien-aimés, mais vous êtes aussi et avant tout les enfants de ce sol dans les solitudes duquel nos ancêtres traqués de plaines en plaines, de montagnes en montagnes, ont définitivement et pour toujours planté leur tente. Jan, Eland, Bless, vous êtes des Rysker et les Rysker sont fils du Transvaal. Notre Transvaal est contraint à une lutte dont l'issue sera sa liberté ou sa fin, il fait appel à ses enfants; tous nous devons répondre à sa voix.

« Pourquoi faut-il que cet appel se produise aujourd'hui quand l'âge a rendu ma vue et mon bras incertains, a fait de moi une inutilité pour la défense de ce pays. Je vous accompagnerais bien là où le devoir vous convoque, mais je serais pour vous plutôt un embarras; puis cette ferme peut fournir en chevaux, en vivres, des ressources aux burghers combattants, l'un de nous doit rester ici pour diriger nos serviteurs cafres, je resterai; et vous, plus vaillants, vous partirez... tous trois.... »

Le vieillard s'interrompit, un sanglot allait étouffer sa voix; ce départ de ses enfants, le laissant seul pour courir au danger, lui coûtait trop, puis ils étaient si jeunes.

Il vainquit son émotion et continua d'une voix plus ferme :

« Toi, Jan, tu conduiras à Pretoria les chevaux du plaats, on a besoin de chevaux là-bas; l'oncle Paul[1] me connaît, il disposera de toi ensuite comme il l'entendra; Eland et Bless iront aussi à Pretoria; on organise des ambulances, elles soigneront les blessés; pour cela ou pour toute autre œuvre utile, l'oncle Paul disposera d'elles également. Allez, mes enfants, préparez tout pour votre départ, celui des bêtes et des chariots; hélas! je puis vous être de bien peu d'utilité, même pour ces préparatifs. Mon désir est que vous partiez dès demain matin à l'aube.... Vous m'avez compris, allez, il n'y a pas de temps à perdre.... ».

Au Boër, homme ou femme, il faut peu de choses pour satisfaire ses besoins journaliers; dans les fermes transvaaliennes très éloignées des centres d'habitation, on est habitué aux voyages subits dont la durée peut être longue. Aussi, dès le repas du soir, Jan et Eland purent-ils annoncer au grand-père Rysker que tout était prêt pour un départ le lendemain dès l'aube.

---

1. Le président Krüger, président de la république du Transvaal.

IL OUVRIT LE LIVRE SAINT.

Le vieillard ôta de sa bouche le long tuyau de la pipe qui bien rarement, en dehors des heures de sommeil, quittait ses lèvres, et répondit seulement :

« C'est bien, mes enfants. »

Il avait pris son parti de ce départ maintenant, des dangers inconnus auxquels allaient être exposés son Jan, son orgueil, Eland et Bless, ses chéries. Avec une foi profonde confinant au fatalisme, il savait que rien ne leur arriverait que le Seigneur n'eût décrété ; la cause du Transvaal était juste, elle triompherait, cela ne faisait aucun doute, mais pour assurer ce triomphe il faudrait des sacrifices ; ses chevaux, les provisions de sa ferme il les envoyait à Pretoria sans esprit de retour, il y envoyait un bien autrement plus cher, ses petits-enfants ; s'il fallait que ceux-ci non plus ne reviennent pas c'est que le Seigneur en aurait ainsi décidé et il saurait s'incliner devant l'arrêt divin.

Cependant, durant ces préparatifs hâtivement faits, Jan et Eland n'avaient pu se concerter, chacun ayant eu à prévoir des intérêts différents ; à la veillée autour de la lampe familiale le jeune garçon et la jeune fille soumirent à leur grand-père les dispositions prises, et celui-ci les approuva ; enfin il leur résuma ses conseils en peu de mots, les Boërs de la vieille génération étant avares de paroles.

Puis tour à tour les enfants s'approchèrent du vieillard ; sur le front de chacun d'eux il déposa un baiser, et ils se dirigèrent vers l'escalier en spirale dressé dans un des coins de la vaste pièce. Ils allaient le gravir pour gagner leurs chambres à l'étage supérieur, quand une voix forte s'éleva au dehors.

« Oom Rysker, criait la voix, la lumière filtre sous vos volets, vous n'êtes point encore couché, voulez-vous nous donner l'hospitalité pour cette nuit? »

Bless, sur un signe de son grand-père, courut à la porte, l'ouvrit, et deux hommes entrèrent que Paul Rysker salua de ces mots :

« C'est vous, Hartrem, j'avais donc reconnu votre voix. Vous voilà aussi, Le Léger. Soyez les bienvenus tous deux. »

Les nouveaux arrivants, tous deux vêtus et armés de façon identique, en bushmen de ces contrées, offraient entre eux un contraste frappant.

Le plus grand, admirablement proportionné dans toute sa personne bien que son buste aux épaules carrées très larges, parût peut-être un peu long pour sa taille cependant gigantesque, mesurait certainement tout près de sept pieds anglais de hauteur, car il dut se baisser pour passer sous la porte d'entrée qui, du seuil au linteau, comptait plus de deux mètres.

Ce géant, formidable non seulement par sa taille, mais encore par la musculature puissante de son torse et de ses membres, éveillait la sympathie dès le premier coup d'œil, la placidité et l'air de franchise de sa figure au type flamand fortement accusé s'alliant parfaitement avec la douceur extrême du regard de ses yeux bleus. Cet homme de quarante à quarante-cinq ans respirait dans toute sa personne la force, une force évidemment exceptionnelle, mais une force calme au service d'une bonté froide; et la placidité de ses manières, la douceur de son regard suffisaient à rassurer car elles corrigeaient complètement cette exagération de puissance matérielle.

Son compagnon, d'une taille cependant au-dessus de la moyenne, semblait un enfant à côté de lui; le type de ce second chasseur se rapprochait beaucoup de celui des riverains de la Garonne, et en effet, Le Léger était un Gascon, de pur sang français par conséquent; son grand nez surmontait une bouche malicieuse et s'encadrait de deux yeux noirs pétillants de malice; vigoureusement bâti lui aussi, mais avec plus de finesse dans les détails de sa structure, il était naturellement loin de rappeler le formidable échantillon de force physique que constituait son compagnon.

Ces deux chasseurs étaient vêtus en bushmen, c'est-à-dire en hommes des buissons, et leur profession était celle de gardes dans une grande propriété anglaise voisine située non loin de Miribi Pool, de l'autre côté de la frontière du Transvaal, à une journée de marche à peine. L'un et l'autre portaient le chapeau à larges bords, la blouse ample, le pantalon en velours à côtes qu'emprisonnent dans le bas les fortes bottes en peau de buffle; ils étaient armés de carabines à répétition, d'un solide couteau passé dans une gaine en cuir fixée au milieu du dos à une large ceinture en peau d'antilope; en bandoulière ils avaient une forte courroie supportant un chapelet de chargeurs garnis de leurs cartouches, et en travers une couverture roulée percée d'un trou au milieu pour servir de manteau.

Tous deux appartenaient à cette classe de colons que l'on désigne dans l'Afrique du Sud sous le nom d'Afrikanders. L'un et l'autre étaient nés en Europe, mais ils comptaient un long séjour au Transvaal ou sur ses frontières; le Hollandais Hartrem y menait la vie de coureur des brousses depuis plus de vingt ans, et Le Léger avait débarqué à Cape Town à l'âge de vingt-trois ans, c'est-à-dire douze ans auparavant.

« Nous avons reçu ce matin la proclamation de M. Reitz[1], expliqua le géant, aussi avons-nous donné congé à notre patron, puis nous nous sommes mis en route pour Pretoria.

— A pied? interrogea le vieux Rysker.

— A pied, répondit Le Léger. Bien que ce mode de voyager soit assez peu dans nos habitudes, force nous a été de nous passer de chevaux, nos moyens ne nous permettant pas d'en acheter; d'ailleurs notre patron, en sa qualité d'Anglais, et quoique brave homme au fond, ne nous en eût point cédé pour faire la guerre aux troupes de sa Gracieuse Majesté.

« Mais, baste, nous arriverons tout de même à Pretoria, et là Oom Paul Krüger nous remontera. Quand il se trouvera en présence d'une recrue comme l'ami Hartrem qui vous fait faire demi-tour à un buffle en l'empoignant par les cornes et de plus abat son homme à tout coup à six cents mètres, il ne pourra pas la dédaigner; quant à moi il me prendra par-dessus le marché.

— Nous n'allons point l'un sans l'autre, remarqua le géant.

— D'ailleurs vous non plus n'êtes point sans passer pour un tireur remarquable, observa Bless.

— Eh! Eh! répliqua jovialement Le Léger, depuis dix ans que me voici à l'école d'Hartrem, je ne crois pas faire un trop mauvais élève; dans ce pays de bons tireurs il faut bien se mettre à l'unisson.

— Jan doit conduire demain cinquante de mes chevaux à Pretoria, proposa le vieux Rysker, voulez-vous l'accompagner? vous prendrez deux des bêtes pour les monter et, si l'oncle Paul à qui je les envoie y consent, vous les garderez pour faire campagne.

— Voilà qui est parfait, s'écria Le Léger tandis que le géant, son compagnon, approuvait d'un signe de tête; merci, Oom Rysker, nous

---

1. Le ministre des affaires étrangères du Transvaal.

acceptons les deux chevaux; mais hum! hum! comment dire cela, nous en préférerions trois.

— Vous avez des bagages à charger sur le troisième? s'écria étourdiment Bless, ne vous en inquiétez pas, Eland et moi les prendrons dans le chariot avec les nôtres.

— Ah! vous aussi, mesdemoiselles, allez à Pretoria, repartit Le Léger non sans un certain étonnement mais avec une satisfaction évidente; en ce cas, le voyage sera charmant. Non, non, aimable Bless, le troisième cheval ne serait point pour nos bagages, nos moyens ne nous permettent pas non plus d'en avoir; mais l'ami Hartrem est lourd et il lui faut deux chevaux.

— Vous aurez les trois bêtes et on en choisira deux parmi les plus vigoureuses, *répondit le vieux Rysker qui avait compris.*

— M. Hartrem va donc voyager en palanquin porté par deux chevaux! » exclama la rieuse Bless, qui, elle, n'avait point compris ou tout au moins par malice faisait semblant de ne point comprendre.

« Oh! mademoiselle Bless! » murmura le géant un peu vexé de se voir prêter semblable intention.

Le Léger se mit à rire.

« Allons, Hartrem, ne t'émeus point d'une plaisanterie de jeune fille, dit-il, Bless sait fort bien que tu pèses tout près de trois cents et qu'il te faut des relais si tu ne veux pas arriver à l'étape avec une monture fourbue. L'ami Hartrem changera de cheval tous les quatre ou cinq milles, de cette façon nous parviendrons à Pretoria sans avoir éreinté nos bêtes.

— Ah! parfaitement, répondit la jeune fille, pardonnez-moi, M. Hartrem. »

Le géant adressa à la gracieuse enfant le meilleur de ses sourires, et Le Léger, en veine de bavardage, reprit :

« Avouez que la perspective d'en être réduit au palanquin était dure pour un cavalier comme Hartrem qui passe son existence à cheval; mais tout est éclairci, n'en parlons plus.

— Vous avez cette proclamation dont vous parliez tout à l'heure? demanda le vieux Rysker.

— La voici », répondit Hartrem en tendant au vieillard une feuille imprimée.

Le patriarche se leva, posa sa pipe, et au milieu du silence respectueux des assistants, tous debout comme lui, il lut d'une voix forte :

« Nous constituons en ce jour l'Union de l'Afrique du Sud.

« Nous ne devons rougir devant personne ni de ce que nous avons fait, ni de notre drapeau, ni du but avoué que nous indiquons.

« Que nous soyons victorieux ou que nous soyons couchés dans la tombe, la Liberté ne se lèvera pas moins dans l'Afrique du Sud, comme se lève le soleil, bien au delà des nuages de l'aurore, sur les trophées ou les monuments sépulcraux.

« Ainsi s'est fondée la république des États-Unis de l'Amérique du Nord.

« Que du Zambèze à Simons-Bay, un seul cri retentisse :

« L'Afrique à l'Afrikander! »

Cette lecture achevée, le vieillard rendit la proclamation à Hartrem, et quelques instants plus tard Eland et Bless conduisirent les deux chasseurs dans les « chambres des voyageurs » où ils devaient passer la nuit.

Ces chambres, constamment prêtes à recevoir un hôte dans ces contrées où l'éloignement des lieux habités force les fermiers boërs à exercer la plus large hospitalité, étaient garnies comme celles des maîtres de la ferme de peaux d'antilopes, produits des chasses; ces peaux, habilement préparées, tapissaient non seulement les murailles mais encore le plancher; aussi avant d'entrer chacun, selon l'usage, enleva-t-il ses chaussures.

Eland et Bless s'assurèrent que leurs hôtes ne manquaient de rien, puis elles se retirèrent elles-mêmes dans leurs propres chambres et Jan en fit autant de son côté.

CHAPITRE III

Dès l'aube le lendemain matin la caravane était réunie; elle comprenait deux lourds chariots aux roues massives traînés chacun par six paires de bœufs; un chariot plus petit, plus léger aussi, dont l'arrière constituait une minuscule chambre à coucher destinée aux jeunes filles, venait ensuite attelé de quatre bœufs seulement. Un Cafre était préposé à la conduite de chacun des grands chariots, une enfant de seize ans de race hottentote dirigeait le petit. Deux autres Cafres, à cheval ceux-là, flanquaient le troupeau de cinquante chevaux destinés à la cavalerie transvaalienne.

Parmi ces derniers une bête magnifique, vigoureuse et ardente, s'ébrouait toute sellée : c'était là le coursier de rechange réclamé par Le Léger pour son géant compagnon.

Les deux Afrikanders et Jan, la carabine en bandoulière, le long couteau engagé dans la ceinture barrant le dos, le chapelet de cartouches formant baudrier sur la poitrine, attendaient à quelques pas le signal du départ que devait donner le vieux Rysker. Eland et Bless étaient debout à l'arrière de leur wagon.

Le silence planait sur cette pittoresque assemblée dont le soleil encore bas allongeait au loin les ombres sur le plateau. Les bœufs, les chevaux eux-mêmes semblaient comprendre qu'un moment solennel approchait, ils demeuraient immobiles, pour la plupart le cou tendu interrogateur vers la porte voisine, celle de l'habitation principale.

Bientôt cette porte s'ouvrit et le vieux Rysker parut sur le seuil tenant sa Bible à la main. Il avait revêtu ses habits des jours de fête et sa grande barbe blanche, particulièrement soignée ce matin-là, ses longs cheveux de neige encadrant un visage empreint d'un profond recueillement, lui constituaient une auréole d'une dignité vraiment patriarcale.

La main appuyée sur l'épaule nue d'un jeune garçon cafre, il fit non sans effort quelques pas, puis s'arrêta et ouvrit la Bible.

A ce moment les assistants tombèrent à genoux, et les bêtes, comme impressionnées par la majesté du Maître, se figèrent dans leur pose précédente, plus immobiles que jamais.

Le vieillard traça un grand signe de croix, puis d'une voix forte, portant au loin au milieu du silence absolu de la nature et de tous, il articula un verset du livre saint.

Posément il referma la Bible, la donna à l'enfant cafre prosterné près de lui, et étendant les mains il dit de sa même voix grave, très nette :

« Vous tous, mes enfants, mes amis, mes serviteurs, au nom du Seigneur Tout-Puissant, au nom de nos pères dont vous allez défendre le sol, je vous bénis. »

Il laissa retomber ses bras d'un geste lent, puis, tandis que chacun se relevait, il ajouta : .

« Souvenez-vous que notre cause est juste, qu'elle est sainte. Le Seigneur dispense à son gré la victoire. Ne désespérez jamais, et quelle que soit sa volonté, inclinez-vous toujours sans murmure, sans orgueil devant elle. »

Alors Eland et Bless, refoulant à grand'peine leurs larmes, s'approchèrent du patriarche qui les embrassa tendrement.

Jan vint à son tour, et le vieillard, avec une force dont on ne l'eût point cru capable, éleva son petit-fils vers le ciel en disant :

« Seigneur, pour la défense de ton peuple je n'ai que cet enfant à offrir aujourd'hui. Je l'offre, que ta sainte volonté soit faite. »

Puis il serra la main des deux Afrikanders, et chacun sauta en selle.

La caravane était prête. Sur un dernier signe du vieillard elle se mit silencieusement en route descendant vers l'immense plaine que commençaient à embraser les feux du soleil déjà plein de force.

.   .   .   .

La petite troupe mit cinq jours à atteindre Pretoria à travers les plaines ondulées de cette partie du Transvaal.

Aucun incident digne d'être relaté ne marqua ces étapes.

De jour on cheminait à travers la brousse et les prairies, évitant par des détours les forêts pour la plupart encore vierges de toute route praticable aux chariots; la nuit on campait autour de feux allumés, ou on recevait l'hospitalité dans quelque ferme boër.

Avec des tireurs tels que les deux Afrikanders, dans un pays aussi giboyeux que le Transvaal, la question de la nourriture des gens n'était jamais difficile à résoudre; aux haltes, Eland et Bless s'occupaient le plus souvent à faire rôtir des morceaux d'antilope ou de buffle; un matin on vit même figurer sur la table commune un filet de ce rhinocéros noir qui parmi les hôtes des brousses transvaaliennes passe pour le plus redoutable, tant par sa force formidable que par la fureur aveugle avec laquelle il fond, sans provocation, sur tout être vivant passant à sa portée.

En approchant de Pretoria, le pays, jusqu'alors peuplé des seuls animaux sauvages ou de-ci de-là des grands troupeaux des fermes boërs, s'anima progressivement. Les voyageurs rencontrèrent d'abord d'autres voyageurs, comme eux bürghers à cheval que le même sentiment patriotique dirigeait vers la capitale. Ces rencontres devinrent de jour en jour plus nombreuses, des groupes se formaient allant de compagnie, et peu à peu le nombre et la force de ces groupes, tous à peu près semblables, composés de cavaliers aux mines graves, de lourds chariots traînés par les bœufs agiles du pays, augmenta dans une telle proportion que cette foule convergeant vers le même point donnait bien l'impression qu'on se trouvait là en présence de la migration de tout un peuple marchant à un but commun, poussé par une même idée.

La dernière halte se fit auprès d'une mine d'or, elle était encore en pleine activité, et à Hartrem qui s'en étonnait non sans quelque indignation, Le Léger donna l'explication suivante :

« Ces mines, dit-il, n'emploient que des Uitlanders[1], anglais pour la plupart, et si l'oncle Paul tolère qu'ils continuent à y travailler c'est parce qu'une partie de l'or extrait vient alimenter son trésor de

1. Des étrangers.

guerre; ainsi ces Anglais se trouvent servir indirectement la cause du Transvaal. Si on les expulsait nous n'y gagnerions pas un fusil de plus mais quelques bons millions de moins.

— Ces gens-là sont autant d'espions, grogna Hartrem à demi convaincu seulement, et j'aimerais autant les voir dehors.

— Crois-tu qu'ils songent à l'espionnage? répondit Le Léger. Allons donc, ils sont bien trop occupés de leur or pour s'inquiéter de la guerre actuelle. Si, cependant, ils y pensent, mais uniquement au point de vue des bénéfices à en retirer. »

Il fut interrompu par une légère panique, vite réprimée d'ailleurs, qui se produisit à ce moment dans le troupeau de chevaux conduit par Jan et les Cafres. On passait devant les pilons broyeurs des quartz aurifères extraits de la mine; leur tapage infernal avait ému les nobles bêtes. Curieusement les deux Afrikanders s'approchèrent autant que le leur permettaient les barrières, et de loin ils purent apercevoir les tables couvertes de mercure sur lesquelles passaient, pour y déposer leur or, les eaux boueuses entraînant le résultat du broyage des quartz.

Plus loin ils assistèrent au spectacle curieux du coulage des lingots; deux ouvriers retiraient des fours le précieux métal liquéfié par la chaleur et le versaient dans des moules en tronc de pyramide. Quatre grands gaillards armés jusqu'aux dents et aux mines rébarbatives montaient la garde aux alentours contre tout coup de main des nombreux flibustiers de cette partie du Rand.

Ces Anglais, prospecters des mines d'or, étaient persuadés que sous très peu les bataillons victorieux de Sa Gracieuse Majesté d'Angleterre feraient leur apparition aux portes de Pretoria; aussi, escomptant cette prochaine présence de leurs soldats, se montraient-ils insolents, presque agressifs, envers les placides habitants du pays. Hartrem et Le Léger en eurent la preuve le soir même.

Contrairement à l'habitude qui faisait d'eux des inséparables, les deux Afrikanders avaient quitté l'un après l'autre le campement pour rendre visite aux curieuses installations des mines d'or. Le Léger, d'un caractère plus impatient que le géant hollandais, était parti le premier après avoir donné rendez-vous à Hartrem auprès des marteaux-pilons.

Au sortir du campement, le gigantesque chasseur s'orientait donc un quart d'heure plus tard vers le bruit formidable qui, de jour comme de nuit, indique le lieu où se broye le quartz aurifère.

Il s'en trouvait à mi-chemin quand il lui sembla apercevoir sur sa droite son ami Le Léger gesticulant au milieu d'un groupe de mineurs.

Il s'approcha et reconnut en effet la figure railleuse de son compagnon.

Pour le moment l'Afrikander français avait fait trêve de gestes et de paroles. Debout, la crosse de sa carabine entre les pieds, les deux bras appuyés sur l'extrémité du canon, il faisait face à un groupe hurlant d'une demi-douzaine d'Anglais qui, les faces rouges, les yeux hors de la tête, les poings serrés, semblaient prêts à passer des invectives aux voies de fait.

Le Léger avait aperçu Hartrem, et ses traits exprimaient une telle pitié sardonique pour ses adversaires que ceux-ci, nombreux cependant contre ce seul homme, n'osaient l'attaquer tant sa tranquille et moqueuse assurance les interloquait.

Hartrem, craignant que la meute enragée n'accablât son ami en se jetant sur lui, avançait à grandes enjambées pour lui prêter main-forte.

A quelques pas du groupe seulement il put percevoir le sens de ses vociférations, tant les marteaux-pilons faisaient rage près de là.

« Ah! Ah! Et alors? disait Le Léger de sa voix railleuse.

— Et alors, hurla un des forcenés dominant la voix des autres, et alors nous empoignerons Orangistes et Transvaaliens par la peau du cou, les jetterons au diable, et ce pays sera pour nous.

— Vraiment, repartit le Français, je voudrais bien savoir comment vous vous y prendrez.

— Ah! vous voulez le savoir, vociférèrent deux de ces furieux: eh bien, nous allons commencer par vous. »

Et ils se précipitèrent sur l'Afrikander.

A cet instant Hartrem arrivait; d'un geste il écarta les quatre autres Anglais, puis sauta sur les assaillants.

Le Léger n'avait point bougé.

Le gigantesque Hollandais saisit chacun des deux mineurs par le milieu du dos, un de chaque main, et les soulevant à demi de terre, tandis que stupéfaits la parole expirait sur leurs lèvres, il les cogna violemment l'un contre l'autre, face contre face. Ce que voyant le railleur Le Léger s'écria :

« Ah! je comprends maintenant. Parfait, ami Hartrem, voici sans doute comment ces messieurs prétendent nous traiter nous autres Afrikanders de l'Orange et du Transvaal. »

Serrés par les mains de fer du géant les deux Anglais hurlaient, trop ahuris pour chercher avec succès à lui échapper.

Leurs compagnons demeuraient là, stupéfaits eux aussi, les yeux écarquillés, les bras ballants, intimidés par le spectacle de cette vigueur prodigieuse.

« Voilà, fit Hartrem entrant dans la plaisanterie de son ami, on cogne, et de deux; puis on jette. »

Pour la seconde fois le géant venait de frapper violemment l'une contre l'autre ses victimes, puis de ses poignets de fer soudain écartés il les avait culbutées à six pas, l'une à droite l'autre à gauche.

« Pas à dire, c'est fort élégamment fait », dit à ce moment en français une voix derrière Le Léger.

L'Afrikander se retourna et se trouva face à face avec un personnage de petite taille, plutôt replet, pouvant avoir une cinquantaine d'années, que suivait à distance une sorte de serviteur, ou du moins paraissant tel, sur les traits duquel était empreint nettement le plus pur type moscovite.

Les deux nouveaux venus étaient évidemment sympathiques aux Afrikanders, aussi les mineurs ne se jugeant plus en force se contentaient-ils de protester par leurs cris contre l'acte de violence dont étaient victimes leurs compagnons.

« Attention, dit à ce moment l'inconnu, il se prépare là une riposte peu loyale. »

Le Léger vivement suivit l'indication de son geste et à dix pas vit un des Anglais ramasser à terre une carabine dans laquelle il glissait une cartouche à l'intention d'Hartrem.

« Ah! » fit simplement le Français.

Sa propre carabine, restée debout entre ses pieds, sauta comme par miracle à son épaule, au même instant il faisait feu sans même, semblait-il, s'être donné la peine de viser tant son acte avait été rapide.

IL LES SOULEVA A DEMI DE TERRE.

Le mineur poussa un hurlement.

« Vous l'avez tué? exclama l'inconnu.

— Non, répondit calmement Le Léger, j'ai tué son fusil. »

En effet la balle du chasseur, lancée avec une précision absolue, avait frappé l'arme de son adversaire à la naissance du canon, la mettant hors de service. Le hurlement poussé par l'Anglais lui avait été arraché par la commotion qu'il avait ressentie à l'instant où son arme avait été brisée entre ses mains.

Nullement blessé, mais glacé de terreur, il tourna les talons et s'enfuit à toutes jambes, imité par les autres mineurs qui, sans nouvelle insistance, laissèrent les deux Afrikanders maîtres du champ de bataille.

Alors Le Léger, avec la plus exquise politesse, politesse qui, en la circonstance, était plutôt dans son outrance un effet de sa tournure d'esprit sarcastique, salua le nouveau venu et en français lui demanda :

« A qui ai-je l'honneur de parler?

— Pour tous ici, répondit l'inconnu, je suis et veux rester simplement le Russe Dimitri voyageant pour son agrément, accompagné d'un serviteur, Russe comme lui. Mais à des braves tels que vous je me ferais scrupule de cacher ma véritable personnalité; elle me permettra, quand vous la saurez, de vous demander vos mains que je veux cordialement serrer.

« Ivaneff, ajouta-t-il en se tournant vers son serviteur, donne à chacun de ces messieurs une de mes cartes; par la suite elle les fera ressouvenir qu'ils ont été aujourd'hui appréciés par quelqu'un qui passe pour se connaître un peu en hommes. »

Hartrem et Le Léger, vivement intrigués, reçurent des mains du moujik chacun un carré de bristol sur lequel, tandis que le faux Dimitri pressait leurs vaillantes mains, ils lurent non sans étonnement le nom du bien connu général russe, parent du tsar Nicolas II : grand-duc Pierre Alexandrowitch.

CHAPITRE IV

A Pretoria les voyageurs constatèrent une certaine animation; l'afflux des bürghers arrivant à pied ou à cheval de tous les points du territoire transvaalien l'expliquait; mais cette animation était calme.

Jan Rysker, en sa qualité de petit-fils de l'ami du président Krüger, devait se présenter au célèbre oncle Paul et, au nom de ses compagnons et au sien, lui faire leurs offres de service; il s'inquiéta donc de ses heures d'audience. Il lui fut répondu qu'il trouverait certainement le président chez lui à l'heure de ses repas.

Au moment voulu, Jan s'achemina le cœur battant vers la demeure présidentielle et sonna bravement à la porte d'un modeste cottage enfoui sous la verdure, peu différent des autres villas boërs de Pretoria. Une vieille servante vint lui ouvrir.

« Pourrais-je voir le président? demanda-t-il.

— De la part de qui venez-vous? riposta la vieille femme en regardant avec attention le jeune garçon.

— De la part de mon grand-père Paul Rysker.

— Ah! s'écria joyeusement la servante, vous êtes le petit-fils de Oom Rysker; voilà donc pourquoi je vous trouvais un air de ressemblance avec quelqu'un qui ne m'était pas inconnu, mais je n'aurais su dire avec qui. Entrez, entrez, Oom Paul sera ravi de vous voir. »

Et précédant Jan elle pénétra dans la maison en criant :

« Oom Paul, un ami, le petit-fils de Oom Rysker! »

Le président venait de terminer son déjeuner dans sa salle à manger à l'ameublement, à la décoration des plus modestes, et tandis que sa femme s'occupait, en bonne ménagère, à desservir la table, il fumait gravement sa pipe, assis dans un fauteuil de rotin. A côté de lui, sur la table encore en partie encombrée, se trouvait une carte du Natal et, ouverte sur cette carte, une lettre aux armes de l'empire d'Allemagne signée Guillaume.

« Ah! te voilà, mon jeune ami, dit l'oncle Paul en apercevant Jan qu'il attira à lui et embrassa affectueusement; quelles nouvelles m'apportes-tu de mon vieux camarade Rysker? »

Jan, tout à fait réconforté par cet accueil cordial plein de simplicité, dit la mission dont l'avait chargé son grand-père et mit ses services, ceux de ses sœurs et des deux Afrikanders, ses amis aujourd'hui, à la disposition du président.

« Quel âge as-tu, enfant? demanda l'oncle Paul.

— Quatorze ans, presque quinze, répondit Jan.

— Hum! hum! reprit le président, j'aimerais mieux quinze presque seize; tu es bien jeune pour marcher avec nos burghers.

— Oh! monsieur le Président, reprit Jan sur le ton d'une ardente prière, laissez-moi combattre; je sais me servir de ma carabine, je vous assure.

— Enfin... tu conduiras tes chevaux au kraal du champ de course, on t'en délivrera reçu. Tes sœurs iront à l'ambulance, voici des brevets pour elles; tes amis et toi vous resterez à Pretoria jusqu'à ce que le corps de réserve en parte, vous faites partie de ce corps. Si vous avez besoin d'armes ou d'équipements, vous vous présenterez à la distribution; elle a lieu tous les jours à midi sur la place du Gouvernement.... Adieu, Jan, ma pipe est finie et il faut que j'aille communiquer cette lettre au Volksraad. »

Il montrait la lettre de l'empereur d'Allemagne négligemment jetée sur la table maintenant desservie.

Pour parer à toute éventualité, les deux États alliés du Transvaal et de l'Orange constituaient à Pretoria une réserve momentanée de quelques milliers d'hommes; cette réserve devait forcément rester inactive pendant un certain temps encore, aussi Hartrem et Le Léger se montrèrent-ils peu enthousiastes d'en faire partie; ils eussent de beaucoup préféré franchir les montagnes du Biggar'sberg, entrer sur

LE PRÉSIDENT VENAIT DE TERMINER SON DÉJEUNER.

le territoire du Natal et rejoindre l'armée boër qui victorieusement marchait sur Ladysmith.

Dans cette ville de Pretoria transformée aujourd'hui en un vaste camp militaire, les distractions étaient peu nombreuses aussi leur inaction pesait-elle lourdement aux deux chasseurs accoutumés à la vie mouvementée au grand air. Par contre Eland et Bless ne manquaient pas d'occupations; elles avaient été affectées provisoirement à l'une des ambulances de Pretoria, et journellement des blessés boërs et anglais, arrivant du théâtre de la guerre, nécessitaient leurs soins.

Ces blessés voyageaient tous par la ligne de Durban et leur débarquement en gare de Pretoria constituait un spectacle dont semblaient ne point se lasser Hartrem et Le Léger. Ce spectacle n'offrait cependant rien d'égayant : mais les deux amis ne pouvaient guère, hors de cette gare de Pretoria, retrouver les deux jeunes filles que leur service d'ambulancières y appelait précisément à ces heures, et d'un commun accord leurs pas les ramenaient toujours là où ils étaient sûrs de rencontrer les gracieuses enfants.

Le vigoureux Hartrem chargeait dans ses bras puissants les blessés dont s'occupait Eland, et Le Léger aidait la blonde Bless à accommoder le mieux possible sur les brancards ou les cacolets ceux qui lui étaient échus en partage.

Enfin, un spectacle, intéressant celui-là, amena le Tout-Pretoria des désœuvrés à la gare : le premier convoi de prisonniers anglais était signalé. Le Léger, en sa qualité de Français et de Français du Midi, jugeant des autres d'après lui-même, s'attendait à quelque manifestation triomphale à cette occasion Il fut tout étonné du calme des burghers. Rangés sur le passage de la colonne de captifs, les habitants de Pretoria, hommes, femmes et même enfants, restaient silencieux et sur leurs fronts impassibles ne se lisaient même point ces airs de triomphe qu'on eût été en droit de leur voir prendre.

« Ah ça! dit Le Léger à Hartrem, tous ces gens-là sont donc endormis! Je sens qu'à leur contact je m'endors à mon tour. Puisque Jan est si bien reçu par le président Krüger, envoyons-le lui demander pour nous la faveur spéciale de rejoindre les troupes du général Botha sur les bords de la Tugela. Là-bas, on se bat au moins et j'enrage de rester ici les bras croisés.

— Cette démarche serait probablement fort mal reçue, répondit Hartrem ; d'ailleurs elle va devenir inutile d'ici peu.

— As-tu eu vent de quelque chose de nouveau ? interrogea avidement Le Léger.

— Oui, reprit le géant, des renforts vont être dirigés sur la Tugela. Il ne tient qu'à nous d'en faire partie.

— A qui es-tu redevable de cette excellente nouvelle ?

— A Pretorius Van Dyl.

— Le chef du commando du Zoutpansberg[1] ?

— Lui-même..., mais tiens, je l'aperçois ici près, il nous confirmera la chose. »

Et le géant appela :

« Hé ! Pretorius. »

Le Boër ainsi interpellé aborda les deux amis la main tendue.

Pretorius Van Dyl pouvait avoir de trente à trente-deux ans ; sa forte barbe d'un blond roux encadrait son visage d'une mâle beauté qu'éclairaient deux yeux vifs brillant d'intelligence.

« Quand partez-vous pour la Tugela ? demanda Hartrem.

— Mais après-demain selon toute probabilité, répondit le jeune chef.

— Et votre commando est au complet ?

— Il se compose de cinq cents burghers, de braves gens, adroits tireurs, que je connais presque tous personnellement ; ce chiffre me paraît suffisant pour ce que nous voulons faire, aussi ai-je refusé de nouveaux engagements ; néanmoins si vous avez quelqu'un en vue... une bonne recrue, solide à cheval, habile à manier la carabine, de sang-froid au feu, je ne dis pas... sur votre garantie, je pourrais faire une exception. »

Hartrem ne répondit point, il échangea seulement un sourire avec Le Léger.

Ce sourire fut un trait de lumière pour Pretorius.

« S'agirait-il de vous deux ? s'écria le Boër, les yeux brillant d'espoir.

— De nous deux, et du jeune Jan Rysker, répondit Hartrem.

— Oui, je sais, le petit-fils de Oom Rysker doit faire ses premières

1. Voir le roman du même auteur intitulé : *A travers le Transvaal, Aventures d'une mission française.*

armes sous votre patronage. Malgré son jeune âge, il n'est pas
recrue à dédaigner; puis ses deux charmantes cousines Eland et Bless
seraient des nôtres, et ce sont, paraît-il, des infirmières des plus
expertes.... Ma chère Hélène, ma femme, qui dirige les ambulances
du commando, sera enchantée de les avoir avec elle, quant à vous,
en consentant à entrer dans nos rangs, vous nous ferez bien des
jaloux.

— Voilà donc qui est entendu », dit Hartrem.

Pretorius allait répondre et sceller l'engagement, mais Le Léger
l'interrompit.

« Un instant, dit-il, nous désirerions conserver une certaine somme
de liberté.

— Qu'entendez-vous par là? riposta Pretorius inquiet.

— Eh! tout simplement ceci, nous comptons, quand une expédition nous semblera faisable à nous deux ou plutôt à nous trois, Jan
étant des nôtres, pouvoir l'entreprendre sans être obligés de vous en
référer; en un mot, nous voudrions ne pas être encadrés, pouvoir
nous écarter du commando quand bon nous en semblerait.

— Mais, répondit Pretorius étonné, prenez-vous donc un commando boër pour un régiment européen? ce que vous demandez là
est des plus naturels; si l'un de nous juge avantageux pour la cause
commune de s'écarter de ses compagnons, libre à lui; si même une
expédition ne lui convient pas, il n'y prend point part; chacun reste
maître de ses actes; cela va de soi.

— Parbleu, appuya Hartrem, mieux que Le Léger au courant des
habitudes indépendantes des guerriers de l'armée transvaalienne.

— Eh bien, parfait, s'écria Le Léger ravi, dès ce soir nous enver-
rons Jan demander à l'oncle Paul notre incorporation dans le commando Van Dyl.

— Pourquoi au président, reprit Pretorius, à nouveau étonné; à
quoi bon le déranger pour cela?

— N'est-ce pas lui, reprit Le Léger, qui règle la répartition des
engagements?

— Ni lui, ni personne, rectifia Pretorius. Vous me dites à moi,
j'ai l'intention de marcher, de combattre à vos côtés, je vous réponds:
entendu, et tout est dit.

— Ah! c'est très simple en effet, répondit Le Léger, un peu interloqué cependant par ces manières de faire contraires à toutes ses conceptions d'une armée régulière.

— Vous avez dû refuser certains concours? interrogea Hartrem pour changer le fil de la conversation.

— Oui, répondit Pretorius, nous sommes au complet, puis il est venu des volontaires de toutes sortes. Jusqu'à un Russe qui demandait à nous suivre, non point en qualité de combattant, il est vrai, mais en qualité d'amateur, un certain Dimitri.

— Dimitri! s'écria Le Léger.

— Oui, le connaîtriez-vous? quelque reporter de journal sans doute; je l'ai accueilli assez froidement, comme vous pensez. Je n'aime pas beaucoup les étrangers dans nos rangs, même Russes.

— Dimitri, répéta Le Léger, un homme de taille moyenne, l'air militaire, accompagné d'un domestique, une sorte d'Hercule, celui-là?

— Oui, vous les connaissez donc?

— Écoutez, reprit Le Léger, vous nous avez dit tout à l'heure que de notre main vous acceptiez une recrue si nous vous en présentions une. Eh bien, croyez-m'en, ne refusez pas à ce Dimitri l'autorisation de suivre votre commando.

— Un étranger! objecta le jeune chef dont le front se rembrunit trahissant la répulsion qu'inspiraient généralement aux Boërs ces offres de concours d'étrangers, même animés des meilleures intentions.

— Oui, mais un Russe dont les avis peuvent être précieux en bien des circonstances. Acceptez ce Russe, vous dis-je, et quand il vous conseillera quelque entreprise, écoutez-le, vous vous en trouverez bien. Je dirai plus au besoin, demandez-lui conseil, si par discrétion il omet de vous donner son opinion. »

Pretorius ébaucha un geste de contrariété aussitôt réprimé :

« Puisque vous le désirez, concéda-t-il, eh bien! soit, je lui ferai bon accueil. »

CHAPITRE V

LA GARNISON DU SPION KOP

LE commando de Pretorius Van Dyl formait l'extrême droite de l'armée boër sur la crête occidentale des Spion Kop.

L'armée anglaise avait franchi la Tugela, et les feux de ses bivouacs étincelaient dans la nuit au pied des collines. L'assaut incontestablement serait donné le lendemain.

Il était dix heures du soir et les cinq cents burghers du commando, moins les sentinelles veillant sur les pentes, se trouvaient réunis debout, têtes nues, devant la tente de leur chef.

En arrière, chevaux et bœufs dormaient dans les kraals improvisés au moyen des chariots. Au ciel, par une nuit splendide, les étoiles brillaient d'un vif éclat.

Devant la tente une table démontable était dressée supportant deux bougies vacillantes et une Bible. Pretorius Van Dyl, assis devant la table, feuilletait la Bible.

Le jeune chef se leva. Alors tous les hommes présents, sur un mode lent et grave, commencèrent à chanter un cantique célébrant la puissance du Seigneur, sa volonté de soutenir les faibles, d'abaisser les superbes.

Après le cinquième verset, sur un signe de Pretorius, les hommes se turent, et à leur tour les femmes, une vingtaine, qui accompagnaient le commando en qualité d'infirmières et de ménagères, chantèrent; leurs voix douces, lentes aussi, disaient l'espoir en la fin prochaine des maux de la guerre par le triomphe de la juste cause.

Puis les femmes se turent, et chacun imitant Pretorius se signa lentement, tandis que les figures de tous, celles des vieillards à cheveux blancs, comme celles des jeunes garçons de quatorze à quinze ans, celles des hommes, tous soldats et armés, comme celles des femmes, revêtaient un air plus grave. Et Pretorius, au milieu d'un silence profond, prononça les paroles de la prière commune.

« Seigneur, daignez prendre votre peuple en pitié. Deux fois déjà il a fui dans la solitude pour pouvoir vous adorer en paix. Il a lutté contre tous les maux et vous l'avez soutenu. Déjà, il a combattu les méchants, vous avez été avec lui et lui avez donné la victoire. On a voulu l'asservir, le détruire, et vous avez dit : « Vis, et sois un peuple. » Aujourd'hui son existence est de nouveau en péril. Seigneur, ne retirez pas cette main qui nous a toujours soutenus. Seigneur, nous avons foi en vous, que votre sainte volonté soit faite.

— Ainsi soit-il », répondirent les assistants; puis sur un ton plus vif, à voix haute, ils entonnèrent le Volks-lied, le chant national.

A ce moment Le Léger se pencha à l'oreille d'Hartrem.

« Voici le moment de mettre à exécution notre projet, dit-il.

— Par cette nuit noire ! ne crains-tu point de nous égarer? riposta le géant.

— Je réponds de tout, affirma Le Léger, j'ai poussé une reconnaissance de ce côté tantôt.

— Parfait, eh bien, partons. L'ennemi ne pourra nous voir en effet à cette heure, la lune n'est pas levée. »

Et ayant fait signe à Jan de les suivre, les deux chasseurs accompagnés du jeune garçon se dirigèrent vers la ligne des chariots.

Le seul qu'ils eussent conservé, le plus petit, attelé maintenant de quatre paires de bœufs, attendait, prêt à partir, gardé par les Cafres. Le Léger avait donné ses ordres à l'avance.

« Eland et Bless sont-elles là? demanda le Français.

— Nous voici, répondirent les jeunes filles en passant leurs têtes gracieuses par l'entre-bâillement des rideaux de la voiture.

— Restez là, mesdemoiselles, repartit Le Léger, vos chevaux suivront en main. Quant à nous, en selle et partons. »

Silencieusement la petite troupe se mit en mouvement, conduite par Le Léger que suivaient le chariot puis les trois Cafres, dont deux tenaient en main les chevaux des jeunes filles. Hartrem et Jan fermaient la marche.

« NOUS VOICI », RÉPONDIRENT LES JEUNES FILLES.

Une heure durant, on foula un mauvais sentier serpentant en arrière de la crête des kopjes; puis on parvint en un endroit où cette crête s'élevait brusquement dominée par une roche aux flancs abruptes.

« C'est ici, dit Le Léger; le chariot attendra à l'abri des vues et des coups au bas de cet escarpement. Pied à terre pour nous car le rocher n'est pas praticable aux chevaux de ce côté. »

Toujours conduits par le Français, Hartrem et Jan gravirent ce ressaut des kopjes par une sente dont la raideur eût réjoui une chèvre. Arrivé à quelques pas du faîte, Le Léger leur fit signe de s'arrêter. Alors se rasant sur le sol, presque rampant, il avança d'une dizaine de pas encore et prêta l'oreille.

Après un instant d'attention, il revint à ses compagnons, dans chacune de ses mains prit leurs deux têtes, les rapprocha à toucher la sienne, et, avec un filet de voix imperceptible murmura :

« Le sommet du Spion Kop est occupé; il s'agirait de reconnaître s'il l'est par des amis ou par des ennemis. Jan, grâce à sa petite taille, passera inaperçu; il ira sans arme et, s'il est pris, inspirera moins les soupçons. Veux-tu y aller, Jan? il y a des dangers, je ne te le cache pas, tu peux recevoir un coup de feu au moment où tu t'y attendras le moins.

— J'irai, répondit l'enfant plein d'orgueil à la pensée de la mission qu'on lui confiait, oh! laissez-moi y aller.

— Bien, tu es un brave cœur, écoute. Le sommet du kopje forme table, il est couvert d'herbes, mais, au centre, une ligne de roches le traverse; tu pourras approcher en suivant ces roches; si tu sais t'y prendre, on ne te verra point. Va. »

Jan remit ses armes à Hartrem et partit en rampant.

« Suivons-le », souffla Le Léger à son compagnon.

Et tous deux se courbant gagnèrent la crête derrière laquelle ils restèrent immobiles ne quittant pas des yeux la silhouette du jeune garçon qui maintenant progressait sur le plateau.

Comme l'avait annoncé Le Léger, sur ce plateau s'étendait une ligne de roches peu élevées; en avant, on devinait plutôt qu'on ne voyait une excavation de forme géométrique, plus longue que large. Se dissimulant de façon très habile le long de ces roches, utilisant successivement chacune de leurs saillies pour se dérober aux vues,

Jan, à peine visible comme une ombre légère sous les ténèbres de la nuit, approchait peu à peu de l'excavation.

Quand il en fut plus d'à moitié chemin, tout à coup, il se laissa tomber à plat ventre, et Le Léger, fiévreusement, serra de sa main gauche le bras d'Hartrem. Jan devait avoir découvert un danger que l'éloignement empêchait les deux Afrikanders de percevoir.

Hartrem et son compagnon, la carabine prête à tonner, attendaient avec émotion, regrettant presque d'avoir laissé l'enfant s'aventurer aussi loin de leur protection directe.

Tout à coup à leur grand étonnement, ils le virent se dresser tout debout tranquillement; en même temps sortant de l'excavation voisine, trois têtes apparaissaient coiffées toutes trois du large chapeau boër.

« Amis, dit Jan, voici du renfort.

— Ah! tant mieux, répondit une des têtes, car la garnison de Spion Kop est plutôt modeste. Combien êtes-vous? »

Hartrem et Le Léger s'approchèrent et purent se rendre compte de bien des détails.

L'excavation de forme géométrique qui avait suscité leurs soupçons, était une de ces tranchées de quatre pieds de profondeur, trois de largeur et vingt de longueur comme les Boërs en creusaient partout où ils comptaient opposer une résistance sérieuse. Dans un coin de cette sorte de fosse se trouvaient des pièces de bois destinées à la recouvrir en cas de bombardement; au milieu un petit canon Hotchkiss à tir rapide, son affût et sa caisse de munition attendaient l'heure de la lutte.

Quant à la garnison, elle se composait simplement de trois hommes, deux artilleurs, reconnaissables à leur costume spécial, et un vieux Boër de soixante-cinq à soixante-dix ans.

« Comment avez-vous pu à vous trois hisser ce canon jusqu'ici? fut la première exclamation de Le Léger.

— Si chacun de nous était taillé comme votre ami, répondit l'un des artilleurs en jetant un coup d'œil d'admiration sur les membres robustes d'Hartrem, la chose eût été possible. Nous étions vingt quand le fieldcornet du Toit est venu nous installer ici à la tombée de la nuit en vue de la bataille de demain. Il nous a bien promis son secours si les choses se gâtaient, néanmoins nous ne sommes pas

ILS LE VIRENT SE DRESSER TRANQUILLEMENT.

fâchés d'avoir de bonnes carabines pour nous aider; aussi soyez les bienvenus, il y a place pour vous dans la tranchée. »

Le Léger exposa la situation; il avait dans l'après-midi reconnu cette position du rocher de Spion Kop et l'ayant trouvée inoccupée, il avait résolu de venir s'y installer avec ses compagnons estimant à juste titre que ses pentes presque inaccessibles la transformaient en une véritable forteresse, facile à défendre avec peu de monde.

« Le général Botha, expliqua l'artilleur, en a sans doute jugé de même, mais il dispose de trop faibles effectifs pour avoir pu y mettre autre chose qu'un canon. Maintenant la garnison comprend de plus infanterie et cavalerie puisque vos chevaux sont là tout près; si le Seigneur y consent les Anglais ne nous délogeront point. »

Le vieux Boër à barbe blanche n'avait point pris part à cette conversation; il s'absorbait à l'écart dans un travail dont la lune maintenant levée permettait de constater l'étrangeté. Armé d'une lime il achevait de donner à deux lingots d'or la forme cylindro-conique de la balle du fusil Mauser dont il était armé à l'exemple de ses compagnons.

Vivement intrigué, Le Léger s'approcha de lui.

« Oom, lui dit-il, vous êtes le plus ancien de nous tous; mes compagnons et moi serons heureux d'avoir vos conseils. Voulez-vous que je vous expose nos projets pour demain? Ensuite vous pourrez reposer; Hartrem, mon ami que voici, et moi, nous veillerons tour à tour pour la sûreté commune. »

Le vieillard hocha la tête.

« Peu importe, dit-il, que je dorme ou ne dorme pas durant la dernière nuit qui me reste à vivre. Voici deux balles faites d'or pur, de ce haïssable métal qui cause tous nos maux, elles sont ma dernière ressource à moi qui fus riche et heureux autrefois. Demain elles frapperont chacune un officier de ces démons. Puisqu'ils veulent de l'or, ils en auront en plein corps. Après je n'aurai plus de munitions, ils me tueront s'ils veulent, je les laisserai faire. »

Et le vieillard reprit son étrange besogne, laissant dédaigneusement tomber à terre et se mêler à la poussière de la tranchée les paillettes d'or que sa lime détachait des lingots à chaque va-et-vient.

Le Léger s'assit à côté de lui et, cédant à ses instances, le vieux Boër consentit à lui conter son histoire.

Il possédait une ferme dans le Rand ; les Anglais y soupçonnant des filons aurifères avaient offert de l'acheter ; mais il avait refusé. Alors, au lendemain de la déclaration de guerre, une bande de ces forcenés, comme il en existe malheureusement toujours à la suite de toutes les armées, avait envahi la ferme en son absence et celle de ses fils partis au « front » ; ils avaient tout bouleversé, pillé chez lui pour y trouver l'or qu'ils l'accusaient d'y avoir amassé ; puis furieux de n'avoir rien découvert, ils avaient mis le feu aux bâtiments ; sa femme, pour comble d'infortune, avait péri dans les flammes. Le surlendemain, à la bataille de Dundee, ses trois fils avaient été tués par l'éclatement d'un même obus, et le vieillard, resté seul, ruiné, avait fait le vœu de tuer deux Anglais pour chacun de ceux des siens qui avaient péri. Il avait réalisé le peu qu'il possédait encore, avait acheté des lingots d'or et avec cet or maudit il confectionnait les balles destinées aux officiers anglais ses victimes.

Tireur émérite, il s'embusquait lors de chaque bataille dans une des tranchées les plus exposées, attendait l'assaut, choisissait deux victimes parmi les chefs ennemis, et posément, prenant son temps, il abattait deux officiers chaque jour, chacun d'une balle d'or au cœur, puis il se retirait du combat jusqu'à l'engagement suivant.

Il avait déjà fait ainsi six victimes ; il comptait le lendemain parfaire le nombre huit qu'il s'était imposé ; puis, son vœu accompli, sa provision d'or épuisée, il n'aurait plus qu'à mourir pour rejoindre dans la tombe sa femme et ses trois fils.

Et le vieillard ayant terminé la confection de ses balles d'or comme il achevait son récit, les fixa à l'extrémité de deux cartouches à la place des balles de plomb durci qu'il en avait retirées ; puis il se roula dans son manteau et s'étendit au fond de la tranchée attendant immobile la venue de ce soleil qui allait éclairer le dernier acte de sa vengeance et ensuite, il l'espérait du moins, sa mort.

CHAPITRE VI

Aux premières lueurs de l'aube, chacun était debout, et après un rapide repas de billtongue (viande séchée au soleil), s'installait à son poste. Un mouvement inusité se voyait en effet dans la plaine, même quelques coups de canon s'étaient déjà fait entendre dans la direction du nord.

Pendant la seconde partie de la nuit, la petite garnison s'était accrue de deux nouveaux hôtes. En effet, quand Eland et Bless avaient appris par Jan qu'au sommet du Spion Kop se trouvait une tranchée capable de servir d'abri, elles étaient montées et aucune objurgation n'avait pu les décider à retourner au chariot resté au pied du rocher.

Désespérant de vaincre leur résolution, Hartrem et Le Léger avaient couvert une des extrémités de la tranchée. Sous ce blindage, du moins, leurs amies se trouveraient protégées parfaitement contre tout ce qui ne serait pas un obus plein tombant presque verticalement. Tranquillement les vaillantes filles s'étaient installées là avec une petite pharmacie portative, résolues à faire au premier rang leur métier d'ambulancières, si les circonstances l'exigeaient.

« Et maintenant, dit Le Léger quand il les vit prêtes, savez-vous, mesdemoiselles, quelle grosse conséquence aura pour nous votre présence ici?

— Aucune autre, j'imagine, que de vous aider à supporter sans trop d'ennui, grâce à notre babil, les moments d'inaction, répondit Bless toujours rieuse.

— Votre présence a pour conséquence, reprit Le Léger, de nous interdire toute retraite. C'est le cas de dire : ici, il faut vaincre ou mourir, du moins tant qu'il fera jour.

— Pourquoi donc? interrogea Eland inquiète de ces paroles du Français, dites sur un ton d'insouciance peut-être un peu trop affecté.

— Parce que, pour battre en retraite, il nous faudrait traverser sous le feu de l'ennemi un espace découvert et que jamais nous ne pourrons nous résoudre à vous conseiller cette dangereuse opération. »

Eland, de son ton calme, fit une réponse qui lui attira un regard d'admiration des hommes présents, et émut Hartrem au point de lui arracher une discrète exclamation laudative.

« Merci de nous avoir prévenues, M. Le Léger, riposta la vaillante jeune fille; si la retraite devient nécessaire nous passerons les premières, sans votre permission au besoin; vous n'aurez qu'à nous suivre.

— Bravo, murmura Hartrem, et malheur à ceux qui vous prendraient pour cible.

— Baste, s'écria Bless, à quoi bon se forger des chimères, les Anglais sont trop avisés pour s'attaquer à ce rocher peu accessible; nous pouvons y élire domicile sans crainte d'être dérangés.

— Fasse le ciel du moins qu'ils viennent de ce côté, dit d'un ton inquiet Jan, envahi de la crainte subite de ne point prendre part, faute d'adversaires, à la bataille prochaine.

— Regarde par ici, enfant, et tu seras satisfait », repartit Hartrem en le soulevant dans ses robustes bras, ce qui permit au jeune Boër d'embrasser d'un seul coup d'œil la plaine et les pentes jusqu'au delà de la Tugela.

Dans cette plaine les troupes anglaises se massaient; leurs batteries prenaient position à portée des kopjes occupés par les Boërs. Puis ces canons commencèrent à tonner tandis que les premiers tirailleurs anglais envahissaient le pied des pentes.

Tirailleurs, batteries, masses profondes d'infanterie et de cavalerie se trouvaient maintenant à portée de canon; les pièces d'artillerie anglaises faisaient rage, lançant leurs projectiles, un peu au hasard, il est vrai. Rien ne leur répondait du côté boër; on eût pu croire que les fédéraux avaient abandonné sans coup férir leurs invisibles retranchements.

Assis sur un gradin ménagé à cet effet au revers de leur parapet, leurs têtes seules dépassant au ras du sol, les six défenseurs du Spion Kop fumaient la pipe en devisant tranquillement entre eux.

« Ces uniformes khaki dont sont libéralement pourvus les soldats de sa gracieuse, mais bien désagréable Majesté la reine de toutes les Angleterre, remarqua Le Léger, ne les dérobent cependant point aux regards ; ainsi il est facile de voir que contre notre seul Spion Kop s'avance un bataillon d'environ cinq cents hommes.

— Peste ! c'est là bien de l'honneur pour nous ! remarqua un des artilleurs boërs.

— Ils sont en droit de croire la position fortement occupée ; il s'agira de se multiplier afin d'entretenir leur illusion. »

Le Léger fut interrompu par un ronflement sourd à la nature duquel il n'était point permis de se tromper.

« Un obus », dit Hartrem en tirant de sa pipe une formidable bouffée.

Les cinq hommes levèrent la tête ; seul, instinctivement, Jan se fit plus petit semblant chercher à rentrer le cou dans les épaules.

L'instant d'après un obus, en effet, tombait à deux cents mètres en arrière et éclatait avec un déchirement bref.

« Pas mal pointé, remarqua Le Léger. Répondez-vous ? ajouta-t-il en s'adressant aux artilleurs.

— Non, expliquèrent ceux-ci, la consigne pour les Hotchkiss est de ne tirer que sur les troupes et pas avant mille mètres.

— A cette dernière distance nos carabines, elles aussi, pourront ouvrir le feu. »

Un second obus vint éclater plus à droite, hors de la direction de la tranchée.

« Moins bon, observa Hartrem entre deux nouvelles bouffées.

— Ce sont des coups au jugé, répondit l'artilleur, ils ne nous voient point.

— Néanmoins, dit son compagnon, il est bien inutile que nous restions exposés tous ; un de nous suffira pour surveiller la plaine....

— Ce sera moi, interrompit le vieux Boër muet jusqu'alors.

— A votre aise, chacun à son tour. Les autres, mettons-nous à l'abri. Il suffirait d'un coup heureux, pour eux, et nous serions tous hors de combat. »

Les quatre hommes et Jan rejoignirent Eland et Bless sous la casemate de la tranchée pour attendre que le vieux burgher leur signalât l'ennemi à portée de fusil.

Cependant les gros canons boërs avaient commencé à répondre, attirant sur eux le feu des Anglais, préservant par là même les tranchées où se tenaient les burghers. Las de bombarder à l'aveuglette le Spion Kop qui ne répondait pas, ne manifestait en rien qu'il fût occupé, les batteries anglaises dirigeaient leurs coups sur un autre objectif.

Les défenseurs sortirent de leur abri.

« Puis-je appeler Eland et Bless? demanda Jan.

— Oui, répondit Hartrem, pour le moment il n'y a aucun danger; s'il s'en manifeste un, elles rentreront. »

Jan alla chercher ses cousines.

« Venez, leur dit-il, je vous montrerai quelque chose que vous n'avez jamais vu. »

Il leur désigna le ballon captif anglais qui venait de s'élever dominant le champ de bataille.

Eland étonnée considérait en silence ce globe flottant au loin dans l'atmosphère, le premier qu'elle aperçût. Bless, plus démonstrative, battait joyeusement des mains.

« Rentrez, rentrez, dit précipitamment Le Léger, ce maudit ballon nous a découverts. Voilà notre batterie de tout à l'heure de nouveau pointée sur nous. Tout le monde sous l'abri et vite. »

Cette fois encore le vieux Boër resta seul en observation. Mais sans doute les aéronautes crurent avoir mal vu, car deux projectiles seulement s'abattirent, sans succès d'ailleurs, sur le Spion Kop.

Une demi-heure plus tard le vieillard appela ses compagnons. Maintenant les Anglais étaient à bonne portée, un millier de mètres environ, et la configuration des lieux permettait de nettement les apercevoir.

A quelques pieds en avant de la tranchée du côté de l'ennemi se dressait une ligne de roches isolées séparées les unes des autres par de larges intervalles à travers lesquels aisément la vue se pouvait faire jour. Immédiatement après ces roches commençait la descente rapide des pentes abruptes du Spion Kop, presque partout ingravissable de ce côté. Enfin cent mètres plus bas la déclivité s'adoucis-

sait, devenait celle des kopjes de la chaîne principale, et sur ces
dernières pentes, quelques obstacles naturels, des arbres clairsemés,
des buissons, pouvaient par endroit servir d'abris à l'ennemi.

Le long de ces pentes, péniblement, les tirailleurs anglais s'élevaient, simplement protégés par leur artillerie et les salves des
réserves en arrière, ne tirant pas encore eux-mêmes.

Deux des roches voisines de la tranchée constituant une sorte de
créneau naturel, les artilleurs boërs avaient disposé là leur petit
canon à tir rapide. Hartrem, Le Léger et Jan se couchèrent derrière
d'autres roches plus basses et soudain le Spion Kop commença à
révéler l'existence de ses défenseurs par les crachements de sa mitrailleuse grondant désormais sans relâche, par la fusillade de son infanterie tirant trois coups à la minute, dont deux, ceux des Afrikanders,
toujours parfaitement ajustés, jetaient invariablement, malgré la distance, un ennemi à terre à chaque cartouche brûlée.

Le vieux Boër aux balles d'or était resté dans la tranchée; on ne
distinguait point encore suffisamment les officiers de leurs soldats, et
il lui fallait à lui des officiers comme but à ses coups. Il attendait.

La pluie de projectiles lancée constamment en éventail par la
mitrailleuse balayait avec régularité les rangs anglais; elle causait
peu de victimes, le hasard seul conduisant ses messagers de mort;
mais elle jetait, grêle implacable et meurtrière, l'effroi dans les cœurs
les mieux trempés. Les balles issues des fusils d'Hartrem et de son
compagnon, celles de Jan aussi parfois, se montraient autrement
efficaces, et par les hommes qu'elles culbutaient toutes les vingt
secondes occasionnaient une terreur encore plus justifiée.

Une douzaine de cadavres jonchaient déjà le sol, autant de blessés
râlaient. Les officiers anglais crièrent : halte, et tant bien que mal,
chaque soldat couché ou à genoux se dissimula derrière un des
obstacles du terrain.

Arrêtés et abrités, les Anglais à leur tour ouvrirent le feu, tirant au
jugé sur ces roches dont se couvraient d'invisibles adversaires, pas
même trahis par la déflagration de leurs armes munies de poudre sans
fumée.

La mitrailleuse s'était tue; contre des hommes abrités elle ne pouvait plus accomplir aucune besogne utile; ses artilleurs avaient pris
leurs carabines, comme leurs compagnons ils faisaient le coup de feu.

Le tir des Anglais crépitait follement, sans résultat, car ils ne visaient pas, ne pouvaient viser; sur quoi eussent-ils visé, ils ne voyaient qu'une ligne de roches?

Au sommet du Spion Kop, au contraire, le tir s'était fort ralenti; Boërs et Afrikanders n'aimaient point à gaspiller inutilement leurs munitions : ils ne tiraient que quand un de leurs adversaires se découvrait; alors grâce à l'infaillibilité de leur coup d'œil, cet adversaire était atteint.

Hartrem, aux sentiments plus lents, mais aussi plus profonds et plus durables que ceux de Le Léger, avait senti grandir en lui une affection croissante pour Jan auquel son compagnon français avait accordé le premier jour une franche et vive sympathie, restée bientôt en deçà de la tendresse quasi paternelle vouée progressivement au jeune Boër par le Hollandais.

Jan combattait entre les deux amis, et pour la première fois courait en leur compagnie un danger certain; une balle pouvait à tout instant l'atteindre et le blesser peut-être mortellement.

Le Léger, insouciant du péril pour les autres comme pour lui-même, n'y songeait point; Hartrem, par contre, ressentait une émotion singulière, inconnue jusqu'alors à son cœur vaillant; il avait peur pour Jan et aussi, bien qu'elles fussent parfaitement abritées, pour ces jeunes filles à la grâce si attachante, les cousines de Jan, qui avaient voulu les suivre sur le sommet de ce périlleux Spion Kop.

Le Léger, tout entier absorbé par le soin de découvrir les retraites des Anglais afin de leur envoyer ses infaillibles messagers de mort, ne soufflait mot, lui si loquace à l'ordinaire.

Hartrem, non moins attentif à l'ennemi, meilleur tireur encore que Le Léger, ce qui certainement lui laissait plus de liberté d'esprit, donnait entre chaque coup de feu des conseils à Jan, et pour la première fois ce jour-là, sous l'influence du danger vaillamment affronté par le jeune garçon, il lui attribua un vocable affectueux dont désormais souvent il fit usage à son égard avec une douce satisfaction.

« Mon fils, dit-il en s'adressant à Jan, ne te découvre pas autant, cela est inutile. Chaque obstacle devant nous cache un ou plusieurs ennemis, place-toi de façon à bien voir l'un de ces abris tout en restant soigneusement dissimulé toi-même et dirige ton arme contre la droite de l'abri, la gauche par rapport à toi, aie soin d'appuyer aux roches ton bras et ton fusil, afin de ne point te fatiguer; si tu te fatigues, tout à l'heure ta main tremblera et ce tremblement nuira à la justesse du coup. Observe-moi et fais de même.... Au bout d'un instant ton adversaire là-bas s'enhardira, il se découvrira un peu pour viser; mais nous sommes trop loin, tu ne t'en apercevras pas. Tout à coup il fera feu, un éclair, celui de son arme, jaillira à cette droite de l'obstacle que tu surveilles; cet éclair est fugitif, il faut le saisir et faire feu sur lui aussitôt. Tiens.... »

Une double détonation venait de retentir, un Anglais avait tiré et Hartrem, mettant ses préceptes en action, avait fait feu aussitôt sur la lumière du rifle de son adversaire. Un cri terrible répondit à sa riposte.

« Si tu es certain d'avoir bien mis en ligne l'éclair du coup de feu, ajouta-t-il de sa voix toujours calme tandis qu'il rechargeait son arme, tu es certain aussi, étant donnée la position du tireur ennemi, que tu l'as atteint, soit à l'épaule, soit en pleine figure. »

Cependant la situation des Anglais était intolérable, ils ne pouvaient avancer sans s'exposer sur ce terrain découvert à des pertes nombreuses, et, arrêtés, ils ne faisaient aucun mal à leurs invisibles adversaires, et ces adversaires avec une adresse tenant du prodige, continuaient à mettre des leurs hors de combat.

Il fallait en finir. Ordre fut donné à une batterie d'artillerie de tirer sur le Spion Kop sur lequel à nouveau les shrapnells commencèrent à pleuvoir.

« Rentrons, dit simplement Hartrem. Quand cette pluie de fer aura cessé il sera temps de ressortir. »

Et en effet les artilleurs anglais, sous peine de risquer d'atteindre leurs camarades, seraient bien obligés de suspendre leur tir quand leur infanterie à nouveau se porterait en avant.

Hartrem, Le Léger, Jan et les deux artilleurs transvaaliens se réfugièrent donc sous l'abri de la tranchée où, assez émues, les attendaient Eland et Bless.

« Vous n'êtes pas blessé, monsieur Le Léger? fut le premier cri de Bless.

— Ni vous, monsieur Hartrem, ni toi, Jan? » ajouta non moins fébrilement Eland.

Ces cris des jeunes filles, disant l'intérêt qu'elles portaient à leurs compagnons Afrikanders, amena une expression de joie sincère sur les figures, l'une généralement impassible, l'autre toujours railleuse, de ces derniers.

Ce fut Jan qui répondit. Cette bataille, la première vraie bataille à laquelle il assistait, le ravissait.

« Comment serions-nous blessés, cousinettes, s'écria-t-il ; ces Anglais sont bien trop maladroits. Nous sommes seulement fort assoiffés car la chaleur commence à devenir intolérable sur ce rocher sans ombre. »

Le tir à shrapnells dura environ une heure et fut l'objet de maints lazzis de la part du sarcastique Le Léger. Eland et Bless commençaient à se rassurer en constatant son peu d'efficacité ; parfois des éclats d'obus tombaient bien dans la tranchée mais aucun ne pouvait pénétrer dans la casemate où se tenaient les défenseurs du Spion Kop ; les balles s'amortissaient sur sa toiture de madriers sans parvenir à la percer.

Enfin les Anglais estimant avoir tout massacré, le tir brusquement cessa.

« Ah ! on va respirer, maintenant, on étouffait dans cette casemate », s'écria Le Léger en se précipitant au dehors, aussitôt imité par ses compagnons.

Le vieux Boër l'avait précédé ; à genoux derrière une roche, s'inquiétant peu de se laisser voir, soigneusement il visait. Le long des pentes inférieures, les soldats anglais montaient à l'assaut, le plus rapidement que leur permettaient la déclivité fort raide du terrain et l'accablante ardeur du soleil tropical. On les distinguait nettement, ils n'étaient pas à plus de cinq cents mètres. En tête allaient leurs officiers, reconnaissables à leur seule épée, car leurs uniformes, khaki comme ceux de la troupe, ne se distinguaient par aucun insigne apparent à cette distance.

Soudain le coup de feu du vieux Boër retentit et le plus avancé de ces officiers battit l'air de ses deux mains, tomba sans pousser un cri.

« Diable, fit Le Léger émerveillé, voilà qui est droit au but, roide mort !

— Au cœur », répondit simplement le vieillard.

Il avait rechargé son arme et trente secondes plus tard un second officier tombait frappé de même.

Alors le vieux Boër empoigna son fusil par le canon et le lança avec force vers les Anglais. Entraînée par son élan, l'arme roula jusqu'au pied du kopje.

Les Anglais, frappés de terreur par ces deux morts succédant à deux seuls coups de feu, avaient ralenti leur marche; la vue de ce fusil fumant encore qui dévalait le long des pentes en face d'eux les stupéfia. Leur ligne flotta un instant puis s'arrêta.

« A nous, et vite! » cria Le Léger saisi d'une inspiration subite.

Alors carabines et mitrailleuses se remirent à gronder; et saisie d'une panique subite, toute une fraction de la ligne anglaise fit volteface pour s'enfuir ensuite à toutes jambes. Seul le centre, une cinquantaine d'hommes au plus, enlevé par ses officiers, continua l'assaut.

Exténués, ayant perdu une dizaine des leurs, ces soldats parvinrent enfin au pied du Spion Kop. Et là, pour reprendre haleine, ils se blottirent à la base d'un groupe de roches qui les mettaient à l'abri des redoutables projectiles venant du sommet.

Ne voyant plus d'ennemis, Hartrem, Le Léger et Jan cessèrent de tirer et regardèrent autour d'eux.

Le vieux Boër, roulé dans son manteau et couché sur la terre nue, semblait dormir.

L'un des artilleurs avait reçu une balle en plein corps et râlait; seul le bruit de la fusillade les avait jusque-là empêchés d'entendre ses plaintes.

« Pas de blessures, vous autres? interrogea Hartrem en s'adressant plus particulièrement à Jan.

— Non, répondit l'enfant étanchant avec son mouchoir une goutte de sang qui perlait sur sa main gauche, une simple égratignure, un éclat de roche arraché par une balle est venu me frôler.

— Crois-tu qu'ils reprennent l'assaut? demanda Le Léger à Hartrem, en désignant le pied du Spion Kop.

— Pas pour le moment, je ne le crois pas, répondit le géant; d'ailleurs voici qui confirme mon opinion. »

Il leva un doigt vers le ciel, indiquant un ronflement caractéristique qui, à nouveau, se faisait entendre.

Pour la troisième fois les Anglais avaient recours à leur artillerie pour réduire la garnison du Spion Kop; le bombardement recommençait.

A ce moment Eland et Bless apparurent sortant de la tranchée, appelées par les gémissements du blessé.

D'une voix plaintive ce Boër, un tout jeune homme, appelait : « Maman! maman! » évoquant dans son délire la suprême consolatrice de ses douleurs d'enfant.

Les deux jeunes filles avaient entendu cette plainte touchante, elles accouraient substituer leurs tendres soins de femmes aux soins de la mère absente, et nul doute que leur douce intervention ne dût apporter un soulagement moral à l'infortuné blessé en lui donnant l'illusion de l'incomparable affection maternelle.

Les deux Afrikanders et Jan comprirent le bienfait de cette intervention des jeunes infirmières; mais en même temps ils sentirent leur sang se glacer à la pensée du danger couru par leurs amies sous cette grêle de shrapnells dont à l'instant allait être criblé le plateau.

CHAPITRE VII

ELAND et Bless, sans se laisser émouvoir ni par les obus anglais, ni par les supplications des deux Afrikanders, tinrent à transporter elles-mêmes le blessé dans l'abri.

D'ailleurs le danger redouté était resté plus apparent que réel. Dans la crainte d'atteindre les leurs blottis au pied de la pente, les artilleurs anglais allongeaient trop leur tir; de plus, pour la même cause, ils n'envoyaient que des obus percutants, et aucun de ces projectiles n'éclata assez près de la tranchée pour l'endommager.

La vue du pauvre Boër expirant malgré les soins intelligents des deux sœurs, avait coupé court aux facéties dont sans cela Le Léger n'eût pas manqué de saluer ce tir extraordinaire des batteries anglaises.

Tant que les projectiles continuèrent à bouleverser la surface du Spion Kop, aucun assaut n'était à craindre, aussi fut-il convenu que pour plus de sûreté, on ne bougerait pas de l'abri; d'ailleurs le vieux Boër, resté obstinément sur la ligne des roches, avait promis d'avertir s'il se produisait quelque mouvement suspect.

Et les ombres du soir, accrues par d'épaisses nuées orageuses succédant à la grosse chaleur du jour, commencèrent à s'allonger dans la plaine sans que la situation se fût modifiée : les canons anglais tiraient toujours, toujours sans plus de résultat, et à toutes les questions le vieux Boër répondait invariablement :

« Rien de nouveau. »

Un seul incident, malheureusement inévitable, se produisit qui mérite d'être noté : à cinq heures du soir l'artilleur transvaalien rendit le dernier soupir entre les bras d'Eland et de Bless, tandis que sur sa demande son compagnon récitait à son chevet des versets du livre saint.

« Ah ça! dit Le Léger, quand la nuit commença à se faire, m'est avis que notre situation va devenir des plus dangereuses, les secours promis par le fieldcornet n'arrivent point : les Anglais, cachés au pied des pentes : vont profiter de l'obscurité pour les gravir et nous nous trouverons nez à nez avec eux; quatre contre quarante. A mon sens, si le tir des canons anglais vient à cesser, nous ferons sagement de profiter nous aussi de la nuit ou de l'orage prochain et de décamper tout simplement sans tambour ni trompette.

— Mais, objecta Jan, ni Eland ni Bless ne pourront courir assez vite, surtout à la descente, par ces mauvais chemins, quand il fera nuit, et les Anglais nous rattraperont.

— Oui, fit Hartrem, il faudrait les arrêter pendant que ces demoiselles fuiraient.

— A nous quatre, à coups de fusil, nous les arrêterons bien pendant un quart d'heure, proposa Jan.

— Il fera trop sombre, on n'apercevra pas son guidon, mauvais moyen, dit Le Léger pensif.

— Alors que faire, demanda Hartrem, nous ne pouvons cependant en assommer quarante à nous quatre; une douzaine peut-être, mais quarante!

— Attendez, j'ai une idée, s'écria Le Léger. Vous, ami Boër et toi Jan, vous filerez en avant avec les jeunes filles et vous laisserez faire Hartrem et moi.

— Vous allez vous sacrifier pour nous! dit Eland avec angoisse.

— Non pas, non pas, nous reviendrons sains et saufs, soyez tranquilles.

— C'est bien vrai? insista Bless.

— Je vous en donne ma parole, répondit Le Léger; laissez-moi seulement effectuer une petite reconnaissance préliminaire. »

Sortant de l'abri, le hardi Français se dirigea vers la ligne de roches qui surplombaient la pente presque verticale du Spion Kop. Là il utilisa les dernières lueurs du jour pour passer une inspection détaillée de ces roches, et en la présence du vieux Boër toujours étendu veillant derrière l'une d'elles, il se livra à un travail qui ne laissa pas d'intriguer le vieillard. A côté de certains de ces rochers, dans l'herbe sur laquelle reposaient leurs formes arrondies, Le Léger plantait ici de simples piquets, là de petits drapeaux formés d'une feuille fichée dans la fente d'un léger bâton.

Quand il rentra sous l'abri, le tir des Anglais s'était fortement ralenti et chacun faisait ses préparatifs de départ. Eland et Bless avaient refermé la caisse de secours ouverte pour soulager le Boër blessé, maintenant décédé ; l'artilleur resté valide se chargeait de l'emporter pendant que Jan conduirait ses cousines.

« Je ne voudrais pas laisser aux mains des Anglais le corps de mon compagnon, dit enfin le Transvaalien à Hartrem ; j'ai pensé que ce serait un jeu pour vous de le descendre sur vos épaules.

— Soyez tranquilles, nous nous en chargerons, dit Le Léger, couchez-le seulement au revers de la tranchée pour que nous n'ayons qu'à le prendre en battant en retraite.

— Il faut aussi que j'aille enclouer le Hotchkiss ; il ne doit pas tomber intact au pouvoir de l'ennemi. »

Ce fut Hartrem qui répondit :

« Laissez-moi faire, dit-il, je le jetterai le long de la pente et il leur dégringolera sur la tête.

— Ah ! » fit simplement le Boër.

A ce moment une fusée rouge s'éleva du pied du Spion Kop, et le tir des canons anglais cessa complètement.

« En route, en route, s'écria Le Léger, voici l'assaut. »

Tandis que Jan, Eland, Bless et le Transvaalien battaient rapidement en retraite, lui et Hartrem couraient aux roches derrière lesquelles veillait toujours le vieux Boër attendant la mort

En deux mots, Le Léger avait mis son géant compagnon au courant du projet éclos dans sa fertile cervelle.

Tous deux se penchèrent sur la falaise formée du côté de la Tugela par le Spion Kop, et ils purent voir conformément à leurs prévisions des ombres, celles des soldats anglais, en gravir l'escarpement.

« Attention », dit Le Léger.

Il alla droit à une des roches ornée d'un simple piquet, Hartrem en même temps se dirigeait vers une de celles qu'indiquait le petit drapeau de feuillage. Cette dernière était d'un volume au moins double de la précédente et, comme elle, consistait en un rognon grèyeux assez semblable à ceux qui forment les pittoresques chaos de la forêt de Fontainebleau.

Ces roches, celles du moins qu'avait marquées l'Afrikander français, surplombaient en partie l'abîme formé par les pentes raides du Spion Kop; les eaux du ciel peu à peu, avaient délayé les terres au-dessous d'elles entraînant ces terres dans la vallée; les roches seules avaient résisté, mais leur équilibre restait incertain; un effort un peu vigoureux pouvait les déchausser de la partie encore intacte de leur socle et les précipiter dans le vide.

Le Léger s'était réservé celles d'entre elles, simples pierres de forte taille, qu'un homme ordinaire était capable d'ébranler. Connaissant la vigueur de son compagnon, il lui avait indiqué les rochers plus gros dont les efforts réunis de deux ou trois hommes eussent pu seuls déterminer l'ébranlement; il se proposait d'ailleurs de se porter à l'aide d'Hartrem le cas échéant....

Il était réservé au vieux Boër d'assister ce soir-là à un spectacle vraiment fantasmagorique : dans la nuit les deux Afrikanders soufflant comme des taureaux, dépensaient des efforts surhumains pour ébranler ces roches parfois énormes. Ils les précipitaient le long des pentes, le long desquelles elles dégringolaient avec une vitesse toujours croissante, avec un fracas affreux, bondissant de-ci, de-là, broyant tout sur leur passage.

Les Anglais, déjà à mi-chemin du sommet, se trouvaient sans abri exposés à cette avalanche croulante; quelques-uns d'entre eux, heurtés par ces projectiles d'un nouveau genre, étaient culbutés, roulés, déchiquetés, mis en lambeaux, d'autres hurlaient terrorisés, se cramponnant instinctivement au talus, abêtis, ne se sentant même plus le courage de redescendre, moins encore celui de continuer à monter.

Cependant la provision de roches se trouva bientôt épuisée; Le Léger, haletant, n'eût d'ailleurs plus été capable d'en déchausser une seule; Hartrem, non encore las grâce à sa vigueur prodigieuse, regardait autour de lui cherchant quelle nouvelle masse il pourrait précipiter sur ses adversaires terrifiés.

« Ah! le canon », dit-il.

Saisissant la caisse de munitions il la brandit au-dessus de sa tête

IL SAISIT LA CAISSE DE MUNITIONS.

comme il eût fait d'une simple boîte de jeu de boules, et la lança dans l'abîme.

Elle tomba, heurta une roche, pointue celle-là, s'ouvrit et déversa sur les Anglais la pluie de ses petits obus dont quelques-uns éclatèrent sous les chocs de leur chute continuante, achevant d'apporter la démoralisation parmi les assaillants pétrifiés.

A ce moment, au loin, la plaine s'illumina d'un sextuple éclair et six projectiles de gros calibre passèrent en sifflant au-dessus de la tête des deux Afrikanders pour aller s'abattre en arrière du plateau où ils explosèrent avec un sextuple fracas.

« Ah! ils nous croient en retraite et ont allongé leur tir, s'écria Le Léger, courons, courons. Pourvu que nos amis n'aient pas été atteints. »

Il bondit vers la tranchée, chargea le Boër mort sur ses épaules, et battit en retraite le plus rapidement que le lui permettait son fardeau.

Hartrem avait saisi le canon; il allait le précipiter à son tour sur la tête des Anglais; mais s'apercevant que Le Léger avait enlevé le corps de l'artilleur transvaalien il retint son élan :

« Baste, je l'emporterai, dit-il, c'est une plume. »

Et chargeant la pièce d'artillerie sur sa vigoureuse épaule il suivit son ami tandis qu'au-dessus de sa tête l'orage quotidien enfin mûr éclatait terrible mêlant les fracas de sa foudre aux bruits de la bataille finissante.

. . . .

Quand les Anglais, remis un peu de leur terreur, abordèrent le Spion Kop, un quart d'heure plus tard, sous une pluie diluvienne, il était désert. Seul le vieux Boër se trouvait encore là, indifférent à tout, auprès de l'affût désormais inutile du Hotchkiss emporté par Hartrem.

Ils sommèrent le vieillard de se rendre et, sur son refus dédaigneux, le lardèrent de leurs baïonnettes.

CHAPITRE VIII

GÉNÉRAL RUSSE ET COMMANDER BOER

LE Spion Kop fut repris le lendemain par les Boërs. Les Anglais, battus sur toute la ligne des kopjes, durent repasser la Tugela.

Hartrem, Le Léger et Jan avaient rejoint le commando de Pretorius Van Dyl. Dans les rangs de ce commando ils contribuèrent, sans incident digne d'être rapporté, à la déroute des troupes du général Büller.

Eland et Bless, pendant ce temps, faisaient merveille à l'ambulance où elles prodiguaient leurs soins intelligents aux blessés amis et ennemis.

Après cette défaite des Anglais, la troisième qu'ils eussent subie sur la Tugela, les deux adversaires avaient besoin de repos, aussi les fédéraux se contentèrent-ils, à de rares escarmouches près, de conserver les formidables positions dont la défense par trois fois leur avait assuré la victoire malgré leur infériorité numérique. Et à être témoin du calme et de l'abnégation avec lesquels ses compagnons boërs supportaient la fatigue, la chaleur torride des après-midi tropicales, le froid des nuits sans nuages, la pluie, souvent une pluie glaciale, Le Léger, chaque jour, se sentait rempli pour eux d'une admiration plus grande. Oui, à les voir si graves, si maîtres de leurs souffrances, il comprenait que ces Boërs extraordinaires sont vraiment des êtres à part, des soldats d'une race spéciale, d'une élite depuis longtemps disparue.

Chaque soir, par groupes, les uns à cheval, les autres à pied, ils regagnaient leurs postes de nuit, ponctuels, quelque temps qu'il fît, s'inclinant sans murmure devant la fatalité qui transformait leur existence patriarcale si libre en un esclavage de la discipline. Souvent, ils avançaient muets sous les averses cinglantes, courbant le dos; la nuit venait et ils la passaient stoïques, immobiles dans les tranchées inondées, sans rien ressentir de l'humidité, de la froidure, semblait-il. Et blottis parmi les pentes, le long des roches, ou enlizés dans la boue, ils offraient simplement le sacrifice sans cesse renouvelé de leur existence pour la patrie transvaalienne.

Survenait-il une alerte, un cri retentissait, toujours le même : « Op saël Bürgher » (En selle, burghers), et le commando tout entier bondissait prêt au combat. Alors, prudents, l'œil aux aguets, le fusil rapide et infaillible, alertes à se multiplier, invisibles, ils se montraient implacables pour l'ennemi, tant que celui-ci avançait; mais l'adversaire démoralisé battait-il en retraite, ils devenaient apitoyables, ces hommes primitifs, et ils suspendaient leur tir, refusant de faire des victimes désormais inutiles; puis c'était de leur part des attentions touchantes pour les blessés; des larmes venaient à leurs yeux à la vue des hécatombes de morts, sans que la griserie de la victoire parvînt à leur faire oublier ce qu'a d'horrible la guerre....

Vers la fin de cette demi-suspension des hostilités, des nouvelles graves vinrent de l'ouest; un nouveau généralissime anglais, lord Roberts, s'avançait à la tête de soixante mille hommes au secours de Kimberley assiégé par les quatre mille burghers de Cronje.

Un premier conseil de guerre fut tenu par le général Joubert, duquel il transpira que, malgré cette intervention d'une nouvelle force anglaise, rien ne serait modifié à la répartition actuelle des armées fédérales.

Le soir même du jour où fut connue cette décision, Hartrem, Le Léger et Jan devisaient tranquillement à côté du chariot, tandis que Eland et Bless, à l'intérieur, vaquaient à quelques soins de ménage, quand ils virent venir à eux, montés sur des chevaux splendides, ces deux mêmes Russes dont ils avaient ébauché la connaissance la veille de leur arrivée à Pretoria.

A l'aspect de celui qu'ils savaient être, sous le pseudonyme de Dimitri, un déjà célèbre général russe, Hartrem et Le Léger s'étaient levés, et Jan, bien qu'un peu étonné de cette marque de déférence

LE LÉGER SALUA.

donnée par ses compagnons à un étranger, à un inconnu, les avait imités.

« Bonjour, messieurs, fit Dimitri en mettant pied à terre et jetant les rênes de son cheval à son domestique, bonjour, messieurs, m'autorisez-vous à prendre place à vos côtés pendant quelques instants; je voudrais causer avec vous de votre belle défense du Spion Kop, que j'ai fort admirée. Par surplus, j'ai une grâce à vous demander.

— Excellence... », répondit Le Léger.

Le Russe lui coupa aussitôt la parole.

« Excellence! s'exclama-t-il. Avez-vous donc oublié nos conventions? Il n'y a ici que deux Russes voyageant en dillettanti, l'un pour l'étude comparative des diverses armes à feu et des blessures qu'elles causent, l'autre en qualité de son domestique. Il n'y a ici que Dimitri et le moujik Ivaneff. »

Le Léger salua et docilement reprit :

« Monsieur Dimitri, soyez, ainsi que votre serviteur, les bienvenus ici; si nous pouvons vous être utiles en quelque chose, disposez entièrement de nous.

— Vous faites toujours partie du commando Pretorius Van Dyl? demanda Dimitri.

— Toujours, certainement.

— Des doutes s'étaient élevés en moi à ce propos.

— Pourquoi donc? interrogea Hartrem.

— J'en suis encore à comprendre pourquoi on vous a délaissés, au Spion Kop au point de vous placer dans l'alternative de succomber sans profit ou d'abandonner cette position, sur laquelle, fait peut-être unique dans les annales de la guerre, vous avez à six dont un enfant, tenu en échec cinq cents Anglais et une batterie d'artillerie douze heures durant. Pourquoi ne vous a-t-on pas soutenus puisque le lendemain la position a été jugée assez importante pour qu'on ait chargé le commando du Toit de la reconquérir ? »

La remarque de Dimitri était fort juste. Si elle contenait une louange méritée à l'adresse des défenseurs du Spion Kop, par contre elle adressait un blâme non déguisé aux généraux boërs.

Un instant de silence suivit, puis Le Léger demanda :

« Vous en avez conclu que Pretorius Van Dyl nous avait abandonnés?

— N'était-ce pas naturel?

— Si une faute a été commise elle ne lui est pas imputable; son commando opérait beaucoup plus sur la droite; en outre, il ignorait notre présence au Spion Kop.

— Ah! répartit Dimitri, ceci me fait plaisir; je me sentais une sympathie naissante pour ce jeune chef.... Bref, rien ne s'oppose à ce que vous me le présentiez? ou plutôt, rectifia aussitôt en souriant le grand-duc, à ce que je lui sois présenté par vous.

— A l'instant même, si vous le désirez, répondit vivement Le Léger heureux de mettre l'un des chefs boërs en relation avec le fameux général russe.

— Je vous suis », repartit Dimitri.

En chemin, Le Léger lui demanda s'il devait dévoiler à Pretorius la véritable identité de son interlocuteur.

« Pour ce dont il s'agit, répondit Dimitri, ce serait peut-être utile, mais ne brusquons rien. Je vous prierais d'assister à notre entretien; ensuite je vous laisserai seul avec votre chef, vous lui direz alors ce que vous jugerez convenable pour achever de le convaincre, mais ne lui faites part de mon nom qu'à la dernière extrémité. »

Assis sous sa tente, Pretorius Van Dyl répondait à une convocation écrite du général Joubert; un second conseil de guerre devait être tenu le lendemain pour décider définitivement si l'on abandonnerait les lignes de la Tugela et le siège de Ladysmith afin de se porter au secours de Cronje.

En voyant entrer Le Léger accompagné d'un étranger dont les manières annonçaient la distinction, le jeune chef se leva et ôta son chapeau à larges bords.

« Commandant, dit Pretorius, monsieur est ce... seigneur russe auquel vous avez accordé l'autorisation de suivre les opérations du commando.

— Je sais, dit froidement Pretorius, M. Dimitri, venu pour compléter ses études sur les armes de guerre. Veuillez vous asseoir, messieurs.

— Commandant, dit le grand-duc, vous êtes occupé, je le vois, aussi irai-je droit au but. »

Pretorius s'inclina en manière d'assentiment.

« J'ai appris la marche de lord Roberts contre celui de vos généraux qui assiège Kimberley, reprit Dimitri ; et ayant fait quelque peu la guerre moi-même, il m'est facile de me rendre compte des intentions du général anglais. Voici un mémoire et une carte qui indiquent ses conceptions stratégiques. Leurs conséquences peuvent se résumer ainsi : ou le général Cronje sera vigoureusement secouru, ou il sera cerné par les Anglais et fait prisonnier ; j'écarte l'hypothèse où vous décideriez d'abandonner la capitale de l'État d'Orange à l'envahisseur, c'est-à-dire de renoncer à lui résister sur les lignes qui couvrent Bloemfontein. »

Un instant de silence suivit. Le général russe avait posé sur la table devant Pretorius les pièces qu'il venait de mentionner ; le Boër, pensif, n'avait point bougé.

« Est-ce là la seule communication que vous désiriez me faire ? demanda Pretorius.

— C'est tout, répondit un peu sèchement Dimitri.

— Je vous en remercie, monsieur », reprit Pretorius, et il se leva.

Le Russe salua et sortit seul. Le Léger resta sous la tente comme il avait été convenu.

« Pretorius, dit-il au jeune chef, vous vous ressouvenez de ce que je vous ai dit de la compétence de ce seigneur russe en matières militaires ?

— Il m'en souvient, repartit Pretorius, aussi vais-je parcourir ces pièces. Ce M. Dimitri, est, dites-vous, un seigneur russe ? ajouta-t-il en appuyant sur le mot seigneur.

— J'entends par là un homme important, considéré dans son pays, de bon conseil, expliqua le Français.

— S'appelle-t-il vraiment Dimitri ?

— Non, répondit nettement Le Léger.

— Ah ! » fit Pretorius, et il se mit à lire le mémoire placé sous ses yeux.

Au fur et à mesure qu'il avançait dans cette lecture sa figure s'éclairait, son attention s'éveillait de plus en plus.

Enfin il releva la tête et dit :

« Voici qui est admirable d'ordonnance et de précision. Ce Russe peut avoir raison. C'est un officier du tsar, n'est-ce pas ? un général et un général entendu, j'en jurerais. »

Le Léger fit un signe de tête affirmatif.

« Je communiquerai ceci demain à Oom Joubert, ajouta Pretorius en frappant sur les papiers, c'est précieux. Soyez à portée du Conseil, voulez-vous, Le Léger; je pourrai avoir besoin de votre témoignage.»

Enchanté de la conviction qu'il avait vu naître pour ainsi dire spontanément dans l'esprit de Pretorius Van Dyl, l'Afrikander français retourna au laager, et s'inquiéta aussitôt du Russe Dimitri. Celui-ci était revenu prendre son cheval, l'avait enfourché et avait disparu dans les ténèbres avec son domestique, dix minutes auparavant.

CHAPITRE IX

Assis autour d'une grande table dressée en plein air sur des tré-
teaux, les chefs boërs, présidés par le vieux et respecté général
Joubert, prenaient tour à tour la parole pour exposer leur opinion
touchant la grave question discutée ce jour-là par le conseil de
guerre.

Derrière eux se tenaient silencieux un certain nombre de Boërs,
d'Afrikanders et d'officiers étrangers qui avaient mis leurs épées au
service des alliés. Le Léger était du nombre, debout derrière Pretorius
Van Dyl assis.

A la droite de Joubert siégeait Botha son ami intime, son principal
lieutenant; à sa gauche, un colonel français seul étranger qui eût été
admis à l'honneur de la discussion.

La majorité du conseil, cela était visible, demeurait nettement
hostile à l'abandon du siège de Ladysmith préconisé cependant
comme une mesure urgente par le général Botha et le colonel
français.

Joubert, dont l'opinion devait faire loi, paraissait partager l'avis de
la majorité.

Quand vint le tour de parole de Pretorius Van Dyl, le jeune chef
fit passer le mémoire du grand-duc au général Joubert. Mais Joubert
après y avoir jeté un sommaire coup d'œil, le repoussa vers sa gauche
devant le colonel français.

Pretorius Van Dyl, qui possédait une facilité de parole rare chez les Boërs, presque de l'éloquence, exposa fort clairement, quoique succinctement, les arguments mis en avant par le grand-duc en faveur d'un changement de front de la principale armée fédérale.

Pendant ce temps le colonel français suivait sur le mémoire, et Le Léger lui voyait faire fréquemment des signes approbatifs.

Quand Pretorius eut fini, Joubert demanda :

« De qui sont ces conceptions?

— D'un Russe, répondit Pretorius, d'un Russe qui m'a paru fort versé dans l'art de la guerre, et, m'a-t-on dit, l'a déjà pratiqué avec succès.

— Peu importe, dit à ce moment le colonel français qui, connaissant les susceptibilités des chefs boërs, préférait qu'on n'insistât point sur l'origine du mémoire, du moment que ce mémoire émanait d'un étranger; peu importe, quel que soit l'auteur de ces conceptions, elles se défendent d'elles-mêmes, et rarement dans ma carrière j'en ai vu de plus justes. »

Ce qu'ayant dit, il se pencha vers Joubert, l'entretint avec vivacité, puis replaça mémoire et plan sous ses yeux.

Avec calme, mais fermeté, le vieux général, toujours impassible, fit glisser le tout à sa droite devant Botha.

Ce que voyant, le colonel français se renversa sur le dossier de sa chaise, croisa les bras, et ne souffla plus mot.

« Oom Joubert, dit Pretorius, permettez-moi d'insister; il y va du salut de Cronje, de la perte de Blœmfontein, des trois quarts de l'état d'Orange peut-être.

— Pretorius Van Dyl, répondit Joubert, souvenez-vous, vous et d'autres, que vous n'étiez point nés quand Cronje et moi conduisions déjà des armées.

« Au surplus, ajouta presque aussitôt le vieux général comme regrettant cette dure apostrophe, les chefs des commandos sont libres de leurs mouvements; que ceux d'entre eux qui jugent aussi grave la situation de Cronje se portent à son secours, nul ne les retient ici; mais, qu'ils s'en ressouviennent, nul non plus ne les appelle sous Kimberley.

— Où je me rends néanmoins et sans plus tarder avec ma légion étrangère », s'écria le colonel français à bout de patience en se levant brusquement.

Joubert s'était levé en même temps que lui.

« Messieurs, dit-il, le conseil est terminé, remercions le Seigneur de la grâce qu'il nous a faite de nous éclairer, et demandons-lui d'écarter toujours de nous les sentiments de discorde. »

CHAPITRE X

LES CAVALIERS BOERS

L A première partie des prophéties de Dimitri se réalisait : les quatre mille hommes de Cronje, heurtés par des forces dix fois supérieures, avaient dû lever le siège de Kimberley et battaient en retraite sur Blœmfontein.

Le commando de Pretorius Van Dyl transporté par chemin de fer de Glencoe à Johannesburg et de Johannesburg à Brandfort, s'avançait à cheval le long de la rive gauche de la Modder. Les canons et les chariots avaient été laissés en arrière pour ne point gêner la rapidité des mouvements, et pour la première fois Hartrem, Le Léger et Jan se trouvaient séparés d'Eland et de Bless.

La situation de Cronje apparaissait comme fort critique. Pour couvrir la retraite du lourd matériel de siège évacué précipitamment de Kimberley, il devait livrer aux Anglais des combats incessants, un contre dix, et à chaque rencontre il courait le risque de se trouver enveloppé par cette masse d'hommes et de chevaux acharnés à sa poursuite. Il fallait donc se hâter si on voulait lui apporter à temps le faible mais précieux appoint des cinq cents cavaliers du commando.

Enfin, après avoir cheminé deux jours et deux nuits sans rien rencontrer, on perçut dans l'après-midi du troisième jour, vers le sud-ouest, de sourds grondements à la nature desquels il n'était pas permis de se tromper.

« Voilà bien ce que je pensais, dit Pretorius Van Dyl, Cronje s'est arrêté sur les lignes du Paarde Berg, il y joue son va-tout. En avant, mes amis. »

Et le commando tout entier accéléra le trot de ses montures, piquant droit vers le point de l'horizon où l'appelait le bruit du canon.

Les ombres du soir s'allongeaient déjà sur les immenses plaines au milieu desquelles court la Modder quand on arriva en vue du champ de bataille.

Là, sur la rive gauche de la rivière, s'élevait une sorte de vaste plateau entouré de ressauts de terrain de moindre importance.

Au sommet de ce plateau le général Cronje avait installé ses laagers et ses canons; sur les pentes des collines annexes il avait placé ses burghers.

De front, parallèlement à la Modder, les Anglais attaquaient. Pendant ce temps leur infanterie montée, leur cavalerie achevaient le mouvement tournant destiné à transformer le Paarde Berg en une forteresse assiégée.

Le secours le plus efficace qu'on pût porter à l'armée de Cronje était d'empêcher ce mouvement tournant ou tout au moins de le gêner assez pour qu'à la nuit l'investissement ne pût être complet. Alors, si à la faveur des ténèbres Cronje voulait tenter d'échapper à la formidable étreinte, il trouverait encore derrière lui une issue.

Pretorius dirigea en conséquence son commando; il heurterait de front l'avant-garde des troupes anglaises qui longeaient la Modder et arrêterait cette avant-garde.

Précédé par son vaillant chef, suivant ses traces, le commando avançait en silence au petit trot. La configuration des lieux, la disposition des bois et des collines lui permettaient d'approcher sans être vu : à courte distance il fondrait sur l'ennemi, suppléant à sa faiblesse numérique par la soudaineté et la violence de son attaque.

Jan pour la première fois allait se trouver aux prises corps à corps avec l'ennemi, et son cœur battait un peu; mais Hartrem à sa droite, Le Léger à sa gauche, tous deux l'encourageant de leurs conseils quasi paternels, étaient de puissants parrains pour ce baptême du sabre, et il avait confiance. Son bras encore jeune et faible saurait néanmoins frapper; ceux de ses amis, celui d'Hartrem formidable, celui de Le Léger si habile, le couvriraient.

Bientôt les batteries boërs du Paarde Berg se firent entendre à courte distance sur la gauche même du commando, et Jan put percevoir au-dessus de sa tête, comme de grands oiseaux au bruissement mystérieux, le vol des obus qui plus loin allaient éclater au-dessus des escadrons anglais.

Pretorius, suivi docilement par tous, fit un léger crochet sur la gauche pour éviter la trajectoire des projectiles, et enfouis dans un pli de terrain ses cavaliers ne virent plus rien. On se dirigeait maintenant au jugé sur le fracas dû à l'éclatement de ces projectiles invisibles.

Un éclaireur boër, au galop, venait en sens inverse du commando, son bras droit pendant inerte à son côté, traversé d'une balle.

« Vous y allez? cria-t-il à Pretorius Van Dyl.

— Comme vous le voyez, répondit celui-ci.

— Vous êtes en bonne direction, heureuse chance », répondit le Boër qui disparut emporté par sa monture affolée.

Enfin Pretorius s'estima assez près des lignes anglaises, brusquement il tourna à droite gravissant la pente voisine. En arrivant au sommet, le commando tout entier s'était déployé sur une ligne d'un millier de mètres. Hartrem et Le Léger, encadrant toujours Jan, chevauchaient à l'extrême-gauche.

De cette crête, une partie du champ de bataille était visible.

Une batterie ennemie, en position de l'autre côté de la Modder, répondait au feu du Paarde Berg; dès qu'elle aperçut les burghers de Van Dyl, elle raccourcit son tir et le dirigea sur eux.

En avant, trois escadrons de cavalerie anglaise s'avançaient en bon ordre, à rangs serrés; ils présentaient le flanc au commando à un demi-millier de mètres au plus. En arrière, au loin, des masses profondes d'infanterie montée se dessinaient, hors d'état, vu la distance, d'appuyer les trois cents cavaliers de première ligne.

Les Anglais ayant négligé de se couvrir par des éclaireurs, la surprise méditée par Pretorius était complète, et il comptait anéantir ces trois escadrons avant l'arrivée de tout secours.

En parvenant au sommet, les Boërs poussèrent un cri formidable, et sans arrêter leurs coursiers toujours au trot, firent feu sur l'escadron le plus proche.

Dans cette masse d'hommes les balles de ces excellents tireurs, habitués dès l'enfance à ce tir à toute course, firent un ravage effroyable : hommes et chevaux tombèrent, le reste se dispersa. Le

second escadron, en partie dans la ligne de feu, en reçut des écla-
boussures; un certain désordre se produisit parmi ses rangs.

Alors les Boërs lancèrent leurs chevaux au galop, et sur la pente ce
fut une véritable trombe qui roulait sur les Anglais.

Les artilleurs d'au delà de la Modder à tout hasard envoyèrent
une salve; mais que pouvaient-ils contre cette ligne mince de cavalerie?

Un seul obus parvint à peu près au but, à l'aile gauche; il éclata
derrière Jan qu'il couvrit de poussière et de graviers.

« Pas touché? demanda aussitôt Hartrem déjà rassuré en constatant que les trois chevaux continuaient imperturbablement leur
effrénée galopade.

— Non, rien », répondit Jan.

Le Léger ne répondit même pas. Comme les autres, la bride aux
dents, il s'occupait de recharger son arme sans ralentir l'allure.

Cependant le troisième escadron anglais, le seul qui fût intact,
accourait. Il tenta d'imiter les Boërs et déchargea ses carabines; mais
ses chevaux, trop neufs au bruit des armes à feu, trop excités, rendaient ses coups incertains. Quelques-unes même des nobles bêtes,
affolées, se débandèrent.

Le commando lancé balaya les restes du premier escadron, puis
son aile gauche aborda le second tandis que son centre arrivait en face
du troisième.

Pour la seconde fois les Boërs firent feu, presque à bout portant.

Alors parmi les Anglais ce fut la déroute; le troisième escadron,
ou plutôt son débri, tourna bride sans attendre le choc.

Seul le second escadron tenait encore, et la lutte d'homme à
homme était vive.

Hartrem, le gigantesque Hartrem, debout sur ses étriers, tenant sa
carabine par le canon l'avait transformée en massue. Chaque fois
que son redoutable bras s'abaissait un ennemi était jeté à terre.

Le Léger, conduisant son cheval par la seule pression des genoux,
s'escrimait du sabre et du revolver tout en bénissant Pretorius qui,
malgré les protestations de certains Boërs, avait armé tout son commando de lattes de cavalerie anglaise recueillies sur le champ de
bataille de Colenso.

Jan n'avait pour ainsi dire aucun ennemi à combattre; la redou-

LES BOERS FIRENT FEU SUR L'ESCADRON ANGLAIS.

table massue d'Hartrem, le revolver et l'épée de Le Léger jetaient bas tout devant lui. Entre ces deux hommes, qui semblaient invulnérables tant leur courage et leur habileté écartaient d'eux tous les dangers, il se sentait autant en sécurité que si des génies tout-puissants l'eussent protégé.

En dix minutes, le second escadron fut balayé à son tour, mais il avait dans la lutte causé des pertes terribles aux Boërs infiniment moins habiles au sabre qu'à la carabine.

A ce moment un strident coup de sifflet déchira les airs.

· A ce signal, celui de la retraite, donné par Pretorius, les burghers tournèrent bride portant avec eux, en travers des selles, leurs blessés et leurs morts.

L'infanterie montée anglaise arrivait, au nombre d'un millier d'hommes. Pour l'arrêter toute lutte à cheval eût été illusoire; mieux valait se jeter dans le bois voisin et le lui disputer à coups de fusil.

Deux salves d'artillerie saluèrent la retraite des Boërs; mais ajustées trop précipitamment, elles ne leur firent point grand mal, et ils avaient eu le temps de s'installer sous les arbres quand l'infanterie montée se trouva à portée efficace.

La nuit commençait. Sur toute la lisière du bois la fusillade crépitait meurtrière. Les Anglais jugèrent prudent de remettre au lendemain une attaque qui pouvait au milieu des ténèbres avoir pour eux de funestes conséquences.

Le but de Pretorius Van Dyl était atteint; il avait empêché le cercle de fer de se refermer complètement autour de la petite armée fédérale.

Cependant pour que cette intervention du commando eût son utilité, il fallait avertir le général Cronje qu'une porte restait ouverte sur ses derrières par laquelle il pouvait cette nuit encore s'échapper de la souricière du Paarde Berg.

Pretorius Van Dyl fit appeler Hartrem et Le Léger en leur faisant dire de s'adjoindre un troisième Boër de leur choix. Jan à tout hasard les accompagna.

« Amis, leur dit le jeune chef, voici en trois exemplaires une lettre pour le général Cronje. Voulez-vous vous charger de la lui faire parvenir? Il suffit que l'un de vous arrive au but.

— Nous acceptons », dirent les trois amis.

Pretorius remit à Hartrem un des exemplaires, à Le Léger un autre; mais au moment où il allait confier le troisième à Jan la lueur de la lanterne posée à côté de lui éclaira la silhouette du jeune garçon.

« Oh! oh! dit-il, un tel message n'est point pour un enfant. Hartrem, Le Léger vous avez abusé de la permission que je vous avais donnée de choisir votre troisième compagnon.

— En quoi en aurions-nous abusé? répondit Le Léger; Jan est jeune, certes, mais il a gagné ses éperons. Il vaut bien des burghers hommes faits, je vous assure.

— Je comptais vous voir trois, et vous n'êtes devant moi que deux et demi. »

Jan eut une réponse heureuse.

« Si je ne compte que pour un demi-homme, repartit-il, ne trouvez-vous pas que M. Hartrem peut compter pour un homme et demi?

— Allons, jeune Jan, dit Pretorius, tes compagnons répondent de toi et je crois en effet qu'ils ont raison; tiens, voici la lettre. Le Seigneur te conduise; il se servit bien de David pour tuer Goliath. »

CHAPITRE XI

EN MISSION SUR LE PAARDE BERG

Dans la précédente mêlée, Hartrem avait capturé une vigoureuse jument anglaise plus capable que les petits chevaux boërs de porter ce gigantesque cavalier.

« Si tu m'en crois, Hartrem, lui dit à ce propos Le Léger, conserve néanmoins tes anciennes montures, celle-ci peut n'être point acclimatée et te manquer d'un moment à l'autre.

— J'y ai songé, répondit le géant, d'ailleurs, en campagne surtout, des chevaux de rechange, des bêtes dont l'on est sûr, ne sont jamais superfluités. »

Les deux Afrikanders et Jan, ce dernier tout fier de sa mission, tout fier de sentir, contre lui dans la poche de sa vareuse, le pli destiné au général Cronje, sortirent du bois en tenant leurs chevaux par la bride; puis s'étant assurés que de ce côté le pays était désert, ils se mirent en selle et se dirigèrent au trot vers la masse du Paarde Berg, écran gigantesque cachant dans la direction du sud toute une portion du ciel étoilé.

Trois milles environ séparaient les cavaliers des premières sentinelles boërs, ils pensaient franchir cette distance en une demi-heure, les obstacles du terrain, quoique celui-ci fût fortement accidenté, étant peu nombreux et consistant uniquement en petits bois aisés à tourner.

Dans leurs prévisions, les trois amis avaient compté sans les bêtes que pourraient recéler ces bois.

Cette partie de l'État d'Orange, encore peu peuplée, est habitée par une faune abondante composée surtout d'antilopes de diverses espèces. Conséquence à peu près inévitable, on y rencontre de nombreux carnassiers, grands chasseurs de ces antilopes ; ces carnassiers sont en temps ordinaire peu redoutables pour l'homme dont ils fuient la présence. Mais les mouvements de troupes occasionnés par la bataille du Paarde Berg avaient constitué une véritable et gigantesque battue de tous les environs. Fauves et gibier avaient fui devant les bataillons anglais et les commandos boërs. Ces animaux, les uns affolés, les autres rendus furieux, se trouvaient enfermés par les cordons de troupes sur ces pentes du Paarde Berg que gravissaient les trois amis. Dans l'état de surexcitation dans lequel avaient été jetées ces bêtes à la suite de l'invasion de leurs tranquilles domaines par des milliers d'hommes, au milieu du bruit de la fusillade, tout était pour elles un objet de colère ou d'effroi, le gibier fuyait à perdre haleine dès la moindre alerte, les grands fauves se tenaient sur la défensive, prêts à attaquer tout ce qui ne serait pas une troupe assez nombreuse pour leur en imposer.

Tout entiers à la préoccupation d'échapper aux Anglais, les trois amis ne songeaient point aux bêtes féroces de ces plaines, habitués aussi qu'ils étaient à les voir fuir devant eux. Ils allaient apprendre cette nuit-là que les fauves traqués ne sont plus voisinage dont on puisse ne point se soucier.

A mi-route, comme ils approchaient d'un bois d'acacias rouges, Le Léger et Jan sentirent leurs chevaux trembler sous eux ; la jument d'Hartrem ne tarda point à les imiter ; puis les trois bêtes n'avancèrent plus qu'avec répugnance et enfin refusèrent totalement d'avancer.

Avec leur infaillible instinct de chasseurs, les Afrikanders interprétèrent immédiatement ces signes de terreur.

« Il y a quelque lion caché dans ce bois, dit Hartrem.

— Oui, répondit Le Léger, cependant il nous faut passer, l'éviter nous obligerait à un trop long détour.

— D'accord.

— Eh bien, mettons pied à terre et allons débusquer le fauve.

— C'est cela, dit Hartrem, je t'accompagne ; Jan gardera les chevaux.

— Tel n'est pas mon avis, répondit Le Léger.

— Pourquoi cela?

— Parce que le ou les lions peuvent parfaitement échapper à nos recherches, et pendant notre absence venir s'attaquer aux chevaux qui présentent une proie plus facile.

— Alors?

— Alors, toi, Hartrem, ou moi, resterons ici; l'autre ira avec l'enfant débusquer l'animal.

— Je préférerais ne pas me séparer de Jan.

— A ton aise, je resterai », dit Le Léger qui ne voulait point contrarier son vieil ami.

Les chasseurs mirent pied à terre; Le Léger attacha ensemble les brides des chevaux et demeura à côté d'eux cherchant à calmer de la voix les pauvres bêtes tremblantes. Hartrem et Jan s'avancèrent vers le bois, la carabine prête à faire feu.

« Mon fils, dit Hartrem au jeune Boër, l'expédition que nous entreprenons n'offre aucun danger pour qui a du coup d'œil, du sang-froid et une bonne carabine entre les mains, triple condition qui se trouve réalisée, n'est-il pas vrai? Veille bien à droite pendant que je veillerai à gauche, que ton œil ne laisse pas un interstice des bas feuillages ou des hautes herbes inexploré; dès que l'un de nous verra les yeux du fauve reluire dans les ténèbres il s'arrêtera, l'autre s'arrêtera de même, et nous nous mettrons dos à dos. Il est rare que le lion chasse seul; nous aurons donc vraisemblablement affaire à un couple. Chacun notre adversaire, n'est-ce pas? j'abattrai le mien d'un coup de feu entre les deux yeux; peut-être n'as-tu point la main assez sûre pour le faire, n'y mets point de faux orgueil et tire en plein corps quand l'animal bondira, tu le tueras et tout sera dit, ou tu le blesseras et en ce cas je m'en charge....

« Deux lions seraient beaucoup pour moi, un seul lion blessé n'est rien. Ne t'expose pas à une lutte corps à corps avec le fauve, tu es encore trop jeune, tes muscles n'ont point la rigidité nécessaire; tu me laisseras faire, tu le promets, n'est-ce pas?

— Je vous le promets, répondit Jan, quoiqu'un peu à contre-cœur, cela était visible.

— On dit, ajouta Hartrem, que dans le nord de l'Afrique, dans les montagnes de l'Atlas, il existe une race de lions plus forts que ceux de ces contrées ; de ces lions-là, un homme même de ma vigueur, a, paraît-il, peine à se débarrasser à l'arme blanche. J'ai toujours regretté de n'en pouvoir faire l'essai ; le voyage coûte trop cher ; mais nos lions du sud ne sont guère redoutables pour nous autres chasseurs des brousses.... »

A ce moment Jan s'arrêta brusquement en poussant un léger :

« Ah! »

Et Hartrem vit briller à gauche, dans les hautes herbes, deux yeux incandescents semblables à ceux dont la vue subite de l'autre côté avait causé l'arrêt du jeune Boër.

Deux formidables rugissements éclatèrent à la même minute, l'un à droite, l'autre à gauche, et deux masses sombres semblèrent s'envoler dans l'espace pour se jeter sur l'homme et l'enfant debout dos à dos.

La carabine d'Hartrem retentit la première. Il avait la lionne devant lui ; la ligne joignant les deux yeux incandescents de la bête avait servi de cible à l'Afrikander. Frappé au milieu de cette ligne, le félin vint tomber inanimé aux pieds de son vainqueur.

Jan, placé par le hasard en face du lion, avait lui aussi tiré son adversaire au vol. Un rauque rugissement répondit à son coup de carabine et le fauve, simplement blessé, avait renversé le jeune garçon, choqué Hartrem en plein dos, puis tous trois, bête et gens, avaient roulé sur le corps de la lionne.

Jan, par bonheur, se trouvait hors de l'atteinte des pattes du lion. Hartrem l'avait directement sur lui.

Sans laisser au fauve le temps de se reconnaître, le géant donna un formidable coup de rein et s'en débarrassa avant que ses griffes eussent pu lui causer autre chose que des égratignures.

Jan avait rebondi sur ses pieds avec une agilité de clown, il vit le lion prêt à sauter sur Hartrem non encore suffisamment sur ses gardes, et délibérément il usa d'un moyen qui, déjà plusieurs fois, lui avait réussi avec des animaux moins redoutables il est vrai : il s'élança sur le dos du lion, puis se cramponnant d'une main à sa longue crinière, de l'autre il lui fouilla le garot avec son poignard.

Si le fauve n'avait point été blessé et mortellement, la téméraire action de Jan n'eût eu d'autre résultat que de retarder son élan ; avec sa souplesse de félin, il se fût en un clin d'œil débarrassé de son

cavalier; mais le lion blessé, haletant, ahuri par cette attaque soudaine et insolite, ne songea plus qu'à fuir; il se précipita sous
le bois secouant terriblement le jeune Boër maintenant cramponné
des deux mains à sa crinière, des genoux à ses flancs.

Hartrem vivement avait armé sa carabine. Il mit en joue le groupe
bondissant.

A cet instant, comme un éclair, cette pensée horrible traversa son
esprit, que peut-être sa balle allait frapper son enfant chéri; les
ténèbres, bien que dissipées en partie par le lever de la lune, l'em-
pêchant de nettement différencier le fauve de son fantastique
cavalier.

Sa main trembla; mais soudain une autre pensée vint chasser la
première : s'il ne tirait pas, le fauve disparaîtrait et qu'adviendrait-il
ensuite de Jan, livré à ses seules forces dans une lutte corps à corps
avec la bête féroce?

Il se ressaisit, son bras retrouva sa rigidité habituelle, et à l'instant, éminemment fugitif, où la tête du lion se profilait dans une
tache de lumière lunaire, il lâcha son coup de feu. Puis aussitôt avec
une angoisse poignante, il cria :

« Jan, mon Jan, es-tu blessé? »

— Non, non, répondit d'une voix joyeuse l'enfant; et le lion est
mort ».

Alors le chasseur ploya le genou jusqu'au sol, puis ayant ôté son
vaste chapeau, il dit :

« Seigneur, soyez béni! »

. . . .

Un quart d'heure plus tard les trois amis, après un temps de galop,
conséquence naturelle de leur surexcitation et de celle de leurs
chevaux, arrivaient au camp boër, se faisaient reconnaître et remet-
taient au général Cronje la triple expédition de la lettre de Pretorius
Van Dyl.

Cronje, impassible, lut la lettre, remercia les messagers et les
congédia sans les charger pour le jeune chef d'aucune autre communication que celle-ci :

« Vous direz à Pretorius Van Dyl que lui, vous et ses burghers
êtes des braves. »

Un peu étonnés de cette absence de toute réponse alors que Le Léger avait cependant insisté pour en obtenir une, les trois amis redescendirent d'abord en silence les pentes du Paarde Berg.

« Peu communicatif, Oom Cronje, dit enfin Le Léger.

— Il doit avoir son plan, il n'avait pas à s'en ouvrir à nous, remarqua Hartrem.

— Il aurait pu faire savoir tout au moins à Pretorius s'il était utile pour l'armée qu'il se laissât massacrer sur place ou non », répondit aigrement Le Léger.

Les deux Afrikanders cheminaient côte à côte précédés à une trentaine de pas par Jan dont le tour d'éclairer était venu. Ce rôle d'éclaireur leur semblait à cette heure sans péril : ils n'avaient aperçu aucun Anglais en venant et ne pouvaient croire qu'il pût s'en rencontrer maintenant. Les événements allaient leur montrer de dure façon combien eux et leurs frères d'armes les Boërs avaient tort de s'endormir fréquemment dans leur vaillante insouciance de Lushmen trop accoutumés au danger pour y penser sans cesse.

« Quel brave enfant que ce jeune Jan! dit Hartrem en contemplant amoureusement la silhouette du gracieux cavalier; je me sens chaque jour une affection plus grande pour lui. Si j'avais un fils je voudrais le voir lui ressembler en tout..... »

A ce moment Jan disparaissait dans l'ombre d'un fort bouquet de gigantesques gommiers.

Soudain l'enfant poussa un cri terrible aussitôt expiré dans sa gorge; une dizaine de cavaliers avaient bondi sur lui du couvert des grands arbres, et l'un d'eux l'avait littéralement cueilli sur sa selle en l'étranglant à moitié.

« Ventrebleu! » s'écria Le Léger.

Stupéfait de la soudaineté de l'attaque, Hartrem poussa un véritable rugissement, enfonça ses talons dans les flancs de son cheval et bondit en avant, aussitôt imité par Le Léger; en même temps les deux Afrikanders épaulaient leurs redoutables carabines.

Les cavaliers fuyaient au triple galop. Pourvus de montures reposées ils gagnaient du terrain.

« Rendez-vous, hurla Hartrem, ou nous faisons feu.

— Et nous vous abattons tous successivement en détail », ajouta Le Léger.

Se trouver deux contre dix à armes égales et enjoindre avant tout combat à ces dix de se rendre, était de prime abord prétention tellement monumentale qu'elle en devenait ridicule. Et cependant, étant donnée l'habileté des deux tireurs, leur situation de poursuivants très avantageuse pour l'emploi de leurs armes à feu, la prétention n'était peut-être point aussi exorbitante qu'elle l'eût paru en tout autre cas.

Les Anglais ne répondirent point, mais leur allure s'accéléra. Il leur fallait un prisonnier du commando Pretorius, ils l'avaient et ne demandaient rien de plus :

« Feu », dit Hartrem.

Une double détonation se fit entendre et deux hommes tombèrent. Aucun des deux amis n'avait eu le courage de tirer sur celui qui tenant Jan devant lui s'en servait comme de sauvegarde.

« Si nous rechargeons nos armes, dit Le Léger, ils prendront trop d'avance; voici un bois là-bas; ils vont y disparaître, poussons nos chevaux, poussons. »

Et les deux bêtes, vigoureusement enlevées, gagnèrent quelques foulées sur les poursuivis.

A ce moment deux Anglais firent volte-face et se placèrent sur la route des Afrikanders avec l'intention évidente de les arrêter.

« Tant mieux, dit Le Léger en constatant cette manœuvre; ça va en faire deux de moins. »

Hartrem, trop angoissé par cet enlèvement subit de son cher enfant, ne soufflait plus mot.

Les deux Afrikanders, continuant droit leur route, abordèrent leurs ennemis à toute course. Deux coups de revolver les accueillirent; mais avant qu'une troisième cartouche ait pu être brûlée, ils étaient sur leurs adversaires.

Le Léger lança au sien son coutelas de chasseur et l'Anglais tomba en râlant.

Hartrem heurta son ennemi en passant d'un coup de crosse de sa carabine et l'envoya rouler à dix pas.

A ce moment les Anglais atteignaient le bois :

« Sus, sus, et vite », dit Le Léger.

Hartrem et lui n'en étaient plus qu'à vingt pas quand une quadruple détonation éclaira les premiers arbres, et les chevaux des deux Afri-

7

kanders, tous deux frappés mortellement, roulèrent à terre entraînant leurs maîtres.

« Les lâches, s'écria Le Léger en bondissant aussitôt sur ses pieds, ils ont tiré sur les chevaux ! »

Hartrem, moins heureux et peut-être aussi moins souple que Le Léger, avait une jambe prise sous sa monture expirante.

Mais peu importait au géant le poids d'un cheval ou plutôt d'un ventre de cheval. D'un effort surhumain il se dégagea, arrachant son pantalon, lardant sa chair, puis s'élança sur les traces de son compagnon.

. . . .

Que pouvaient deux hommes à pied contre des cavaliers aux montures fraîches allant sous bois de nuit avec une large avance?

Après une heure d'inutiles poursuites, Hartrem et Le Léger durent s'avouer vaincus et rentrer au laager de Pretorius Van Dyl sans leur cher enfant, sans ce Jan dont, en quittant Brandfort, ils avaient répondu à Eland et à Bless.

CHAPITRE XII

L'INTERVENTION cependant heureuse du commando Pretorius Van Dyl avait été inutile. Comme l'avait pronostiqué Dimitri, Cronje, complètement cerné par quarante mille Anglais, dut capituler avec ses trois mille burghers.

Pretorius Van Dyl et les siens, échappés au désastre battirent en retraite vers le nord. Quant à Hartrem et à Le Léger, depuis la capture de Jan, ils n'avaient plus qu'une pensée : retrouver le jeune garçon, l'arracher des mains des Anglais.

Un convoi de prisonniers était dirigé sur Kimberley, eux aussi allaient à Kimberley.

Les trois amis avaient prévu le cas où l'un d'eux serait capturé par l'ennemi sans que les autres le fussent, et il avait été convenu que pour faciliter les recherches de ses compagnons, le captif, dans toutes les occasions où il pourrait le faire sans éveiller l'attention, tracerait dans des endroits apparents une croix double, c'est-à-dire une figure assez semblable à la croix de Lorraine ; partout où ce lui serait possible, il consignerait de plus des renseignements sur son passage, ses geôliers et leurs intentions.

Après bien des recherches, recherches assez difficiles en pays occupé par l'ennemi, les deux Afrikanders avaient fini par découvrir une de ces croix sculptée sur le tronc d'un arbre mort; elle était accompagnée d'une flèche, dirigée vers l'ouest et visant la lettre K.

Il ne leur en fallait pas plus pour les guider : Jan était emmené à Kimberley.

Leur instinct d'hommes des bois leur avait enseigné que ces sculptures n'avaient pas plus de deux jours de date, ils en avaient conclu qu'ils pourraient rattraper le captif, deux hommes isolés, même obligés de se cacher, allant beaucoup plus vite qu'une troupe nombreuse.

Le cœur un peu réconforté ils accélérèrent l'allure, évitant avec soin les villes et les agglomérations suspectes, ne s'arrêtant que dans les fermes isolées, et après s'être assurés qu'elles ne renfermaient point de soldats anglais.

La troupe qui conduisait Jan avait suivi le cours de la Modder, à chaque instant les Afrikanders retrouvaient ses traces; enfin ils parvinrent en un point où la profondeur de la rivière paraissait médiocre. Des empreintes de roues montraient qu'un chariot avait dû la traverser peu auparavant. Sur l'autre rive se dressait une ferme de modeste apparence.

« Traversons-nous? demanda Hartrem qui laissait à Le Léger le soin de régler l'itinéraire.

— Traversons, répondit le Français, là-bas nous obtiendrons des renseignements; puis, j'ai une idée. »

La Modder était en effet guéable; dix minutes plus tard les deux Afrikanders entraient dans la cour de la ferme.

Dans cette ferme il ne restait plus qu'une jeune femme, quatre petits enfants et des serviteurs cafres; le propriétaire en était parti pour se ranger sous le drapeau de l'État libre d'Orange.

Là on apprit aux Afrikanders que les Anglais étaient à courte distance; un accident survenu à leur chariot les avait forcés à un long arrêt et ils étaient passés moins de deux heures auparavant.

« Ces Anglais escortaient un convoi de prisonniers, demanda Hartrem; y avait-il parmi ces prisonniers un jeune garçon?

— Oui, de quatorze ans environ, répondit la fermière.

— Il était en bonne santé? Pas blessé?

— Du moins il semblait tel; il a bu et mangé de bon cœur, je vous assure; lui seul ne paraissait pas attristé de sa captivité, on aurait juré qu'il l'acceptait gaiement.

— Ne vous a-t-il rien dit?

— Si, mais dois-je le répéter?

— C'est donc bien important?

— Oh! pas précisément. Je voudrais être sûre que vous êtes ses amis; vous leur ressemblez d'après la description qu'il m'en a faite; voulez-vous me dire vos noms? »

Hartrem se nomma ainsi que son compagnon.

« C'est cela, reprit la fermière. Le Seigneur vous maudisse si vous me trompez. Ce jeune garçon m'a donc dit : « J'ai pour amis deux « vaillants chasseurs, ils doivent me chercher; s'ils viennent ici dites- « leur bien d'avoir foi en ma prudence; je ne ferai rien qui puisse « trahir que je les connais, même s'ils apparaissent subitement devant « moi, et.... »

— Le brave enfant, interrompit Le Léger, il compte sur nous, et sa confiance est telle qu'il croit sa délivrance tout proche, ainsi s'explique son calme....

— Qu'a-t-il dit ensuite? interrompit à son tour Hartrem impatient de savoir la fin.

— Il m'a dit aussi, reprit la fermière : « Recommandez-leur de ne « pas oublier ce dont nous sommes convenus et désignez-leur la place « que j'occupais à table. »

— Cette place? Quelle est-elle? s'écria vivement Le Léger.

— La voici », dit la fermière.

Hartrem et lui regardèrent si la table portait quelque signe de reconnaissance.

A leur grande déception ils ne virent rien.

« Vous êtes sûre qu'il était assis là? demanda Hartrem.

— Oui, répondit la fermière.

— Ah! attendez », s'écria Le Léger, et rapidement il débarrassa la table, une massive table en bois, de tout ce dont elle était chargée; puis il fit un geste expressif. Hartrem comprit; en un instant l'énorme meuble se trouva retourné, les pieds en l'air, à la profonde stupéfaction de l'hôtesse.

« Voyez! » s'écria Le Léger d'un ton triomphant.

Sous la table, tracé au crayon sur le bois blanc, se trouvait l'avis suivant inscrit d'une main hésitante en laquelle les deux amis reconnurent celle de Jan.

« 8 prisonniers, 12 gardiens ; la nuit 6 veillent, 6 dorment.
Demandez la proclamation de soumission. JAN. »

« Que veut-il dire ? murmura Hartrem.

— Quelle est cette proclamation ? demanda Le Léger.

— La voici, répondit la fermière, vous ne la connaissez point !
Dites-moi si une chose pareille n'est pas une honte véritable ? »

C'était la proclamation de lord Roberts enjoignant aux Boërs de
l'État libre d'Orange de rendre leurs armes sous peine de confisca-
tion de leurs biens.

« En effet, fit Le Léger, ces procédés sont honteux de la part
p'une nation civilisée.

— Mais encore une fois, que nous importe cette proclamation ?
demanda Hartrem.

— Attendez, fit Le Léger, attendez, je crois comprendre.... Oui,
c'est cela. Ah ! l'intelligent garçon, il sera notre maître à tous un
jour, croyez-m'en, Hartrem. Il commence déjà aujourd'hui.

— Que comprenez-vous ?

— Voici : nous avons lu la proclamation et sommes décidés à faire
notre soumission aux Anglais.... »

Hartrem eut un haut-le-corps.

« Laissez-moi finir, continua Le Léger, vous allez comprendre. En
conséquence nous nous présentons à l'escorte de Jan et livrons nos
armes. On nous met avec les prisonniers ; mais, en notre qualité de
soumis volontaires, on nous laisse une certaine liberté... dont nous
profitons pour délivrer les huit camarades captifs.

— Bien, mais nos armes ? dit Hartrem, en serrant contre lui avec
tendresse sa carabine, vieux compagnon de ses chasses et de ses veilles.

— Aimez-vous mieux votre carabine que Jan ? Non, n'est-ce pas ?
reprit Le Léger ; puis les Anglais auront nos carabines, soit ; mais
ils n'auront ni nos couteaux, ni nos revolvers que nous dissimulerons
sous nos vêtements ; enfin pour délivrer les captifs il faudra un peu
se débattre et à la faveur du tumulte nous reconquerrons nos fusils
sans omettre de prendre ceux des Anglais pour armer nos nouveaux
amis. »

Et Le Léger exposa à son compagnon les détails du plan effrayant
d'audace qu'il venait de résumer en peu de mots et dont l'exécution
devait, en effet, atteindre le but proposé....

Trois heures plus tard, à la tombée de la nuit, les deux Afrikanders rejoignaient l'escorte anglaise dans la ferme où elle s'était arrêtée et faisaient leur soumission entre les mains du sous-officier qui la commandait.

Les deux Afrikanders ne virent point Jan ce soir-là, mais par le moyen de la fermière, Le Léger parvint à lui faire tenir un billet.

Ni cette nuit-là, ni le lendemain pendant la marche, Hartrem et son compagnon ne furent traités en prisonniers ; néanmois ils étaient surveillés de très près et, leurs carabines leur ayant été enlevées, ils ne portaient plus d'armes apparentes.

Jan et les autres captifs avaient été enfermés dans une des chambres de la ferme, quatre hommes veillaient sur eux. Le sous-officier, chef de l'escorte, couchait dans la pièce voisine, et le reste de la troupe, fournissant une sentinelle extérieure, passa la nuit dans un hangar avec Hartrem et Le Léger.

Les deux amis se trouvaient ainsi séparés de Jan, dans l'impossibilité de communiquer avec lui sans éveiller l'attention.

Le Léger, qui avait assumé la lourde charge de combiner le plan d'évasion, gravait les moindres détails dans sa mémoire et observait beaucoup tout en jouant l'indifférence.

Le lendemain pendant la marche, il réfléchit encore, et à la grande halte de midi il avait décidé l'action pour le soir même.

Il avait en effet conclu qu'une tentative d'évasion pendant la marche présentait fort peu de chances de réussite.

Les prisonniers boërs à cheval allaient naturellement sans armes, encadrés par les cavaliers d'escorte ; de plus leurs chevaux étaient attachés les uns aux autres par de fortes cordes, ce qui leur interdisait toute allure rapide.

Hartrem et Le Léger, libres en apparence, ne pouvaient s'écarter de la colonne.

Généralement ils marchaient en tête avec le sous-officier anglais, heureux de trouver dans la conversation du spirituel Le Léger un dérivatif à la monotonie de la route.

L'Afrikander français, étincelant d'esprit quand il le voulait, s'était mis en frais, il s'appliquait à capter la confiance de l'Anglais, à gagner ses bonnes grâces, et y parvenait peu à peu.

Hartrem, malgré tous ses efforts, n'arrivait point à chasser ses préoccupations. Au grand ennui de son compagnon dont cette taciturnité gênait les projets, il se montrait plutôt maussade.

Quant à Jan, il jouait parfaitement le rôle que lui avait prescrit le billet de Le Léger; nul n'aurait pu soupçonner une entente entre l'enfant et les deux Afrikanders.

A la reprise de la marche à deux heures, le Français frappa familièrement sur l'épaule du sous-officier anglais et lui dit de sa voix toujours allègre :

« Ma foi, monsieur Spear, je suis heureux de trouver quelqu'un avec qui causer en ma langue; — le sous-officier parlait en effet fort correctement le français — Hartrem, mon ami, en sa qualité de Flamand est d'un caractère fort taciturne et on a toutes les peines du monde à lui tirer dix mots par demi-heure.

— Il y a longtemps que vous serviez la cause de ces enragés républicains? demanda Spear.

— Peuh! entre nous, nous n'avons pas été fâchés de la proclamation de lord Roberts elle nous permet de poser honorablement les armes.

— Vous en aviez assez de vous battre pour les Boërs?

— Ce sont des gens qui possèdent bien des qualités, mais ils ont un grave défaut, capital pour des aventuriers comme nous.

— Ah! lequel?

— Ils sont d'un ladre!

— Ils ne paient pas ceux qui mettent leur épée à leur service?

— Vous l'avez dit. Chez eux c'est le système du « débrouillez-vous » élevé à la hauteur d'une institution; et vous connaissez notre vieux proverbe français : « Pas d'argent pas de Suisse ».

— De sorte que si vous rencontriez un général généreux, capable de reconnaître... pécuniairement vos services à leur valeur....

— Vous connaissez ce phénix?

— Oui.

— Dites vite, oh! dites vite. Quel est le nom de ce général boër?

— Eh! s'il s'agissait d'un général boër, je ne vous ferais point part de son nom.

— Pourquoi cela?

— Parce que vous me fausseriez aussitôt compagnie afin d'aller le rejoindre.

— Tiens! c'est vrai, dit Le Léger avec une naïveté parfaitement jouée. Mais comment ferions-nous? ajouta-t-il en jetant un regard sur les soldats qui l'entouraient.

— Oh! deux gaillards, l'un solide comme paraît l'être votre compagnon, l'autre habile comme vous l'êtes certainement, ne seraient point embarrassés pour si peu.

— Croyez-vous?

— J'en suis persuadé. Mais comme il ne s'agit point d'un Boër je n'ai aucun scrupule à vous livrer mon secret, au contraire.

— Voyons donc le nom de ce général. Pas Boër! Ce doit être curieux. Je ne devine pas.

— Il s'agit de mieux encore qu'un général.

— Diable! de qui donc?

— De Sa Gracieuse Majesté la Reine d'Angleterre.

— Quoi! vous voudriez qu'Hartrem et moi nous nous mettions au service de l'Angleterre. Comme cela tout de suite après avoir fait notre soumission!... Tourner ainsi casaque subitement! fi donc!...

— Je ne vous ai point parlé d'une détermination subite. Vous y réfléchirez.

— En effet, fit Le Léger après un instant de silence, j'ai entendu vanter votre générosité à vous autres Anglais. Vous m'ouvrez de nouveaux horizons. J'en parlerai à Hartrem.... Et, ma foi, comme vous dites, nous réfléchirons. »

Puis avec un soupir il ajouta.

« Les Boërs avaient du bon cependant.

— Ah? quoi donc?

— Il faut vous dire que mon ami et moi, Hartrem surtout, sommes des joueurs enragés; or parmi les Boërs nous avions trouvé des partenaires dignes de nous. Ah! quels doux moments nous avons passés dans certaines tranchées.

— A quoi jouiez-vous?

— C'est horrible à dire, nous jouions à un jeu essentiellement anglais!... au whist.

— Au whist, mais j'en raffole!

— Eh bien! à nous trois, Hartrem, moi et vous, avec un mort?...

— Ce serait en effet une façon délicieuse de passer des soirées qui me semblent bien longues, seulement il y a une difficulté.

— Insurmontable?

— Non, pas insurmontable, tout dépend de vous. Éprouveriez-vous une répugnance à jouer avec moi en présence de nos prisonniers?

— Pourquoi cela?

— Parce que mes ordres m'enjoignent de ne les perdre de vue à aucun instant; ainsi je couche dans la chambre qui leur sert de prison, ou, quand la chose est possible, dans la chambre voisine mais en laissant ouverte la porte de communication.

— Vous ne m'avez pas compris. Pourquoi cela signifiait : pourquoi éprouverions-nous une répugnance à jouer en présence de ces Boërs?

— Avec moi. Parce que vous servez la même cause qu'eux et vous paraîtrez bien familier avec leur gardien.

— Oh! nous servons si peu cette cause aujourd'hui!

— Comme vous voudrez. Voilà donc qui est entendu, venez me trouver ce soir à la nuit close avec votre ami et vivent les cartes, nous passerons une agréable soirée. »

Tout joyeux d'être parvenu au but qu'il avait en vue, Le Léger alla rejoindre Hartrem à la queue de la colonne.

« Tu as été bien long, grommela le géant, que diable a donc pu te raconter d'intéressant cet animal d'Anglais?

— Ne dis pas de mal de lui, répondit Le Léger, il nous offre le moyen de délivrer Jan dès ce soir.

— Allons donc!

— Parfaitement, il nous invite pour ce soir à une partie de whist dans la pièce même où se trouveront Jan et ses compagnons de captivité. Au signal convenu — je jetterai mon jeu sur la table — nous assommons ou étranglons notre partenaire et les quatre hommes qui gardent les prisonniers; ces derniers et nous sautons sur nos chevaux, puis en route pour le nord avant que le reste de l'escorte ait eu le temps de se reconnaître.

— Diable! » fit Hartrem.

Le Léger exposa à son compagnon les détails du hardi coup de main qu'il méditait. Sans doute ces détails convainquirent Hartrem de la possibilité de la réussite, car son front, sombre jusque-là, s'éclaira de joie.

« Voyez, cria Le Léger à Spear qui passait à côté d'eux à ce moment, la perspective de la partie de whist de ce soir remplit de satisfaction l'ami Hartrem, le voici déridé. Ah! c'est un whisteur enragé. »

CHAPITRE XIII

Ce fut encore une ferme boër, et une ferme isolée, qui servit de gîte ce soir-là.

Dans le corps principal d'habitation furent enfermés les prisonniers et leurs quatre gardiens; les autres soldats logeaient à cinquante pas plus loin dans une écurie fermée, avec les chevaux. Cette dernière particularité contrariait les combinaisons de Le Léger; il ne pourrait s'emparer des chevaux sans éveiller l'attention des huit hommes qui allaient coucher avec eux. Mais l'esprit fertile de l'Afrikander français ne se laissait pas rebuter pour si peu; il modifia son plan en conséquence et annonça à Hartrem que la délivrance de Jan tenait toujours néanmoins pour le soir même.

A huit heures donc, les deux amis, fidèles au rendez-vous donné par le sous-officier anglais, frappaient à la porte du logis principal.

Spear, le sourire aux lèvres, vint lui-même leur ouvrir.

« Soyez les bienvenus, leur dit-il, nous allons nous trouver on ne peut plus confortablement. Voyez. »

Dans une première pièce, la pièce d'entrée, se trouvaient les huit Boërs captifs; pour la nuit on les avait attachés l'un à l'autre deux à deux au moyen de chaînes de fer de trois pieds de longueur allant du poignet gauche de l'un au poignet droit de son camarade de captivité.

« Diable, fit Le Léger, vous prenez vos précautions. Mais n'oubliez-vous pas un peu que vous avez affaire à des prisonniers de guerre?

— Baste, répondit Spear, notre sécurité avant tout. Puis des rebelles sont-ils des prisonniers de guerre? »

Le Léger ne releva point la prétention de l'Anglais de traiter de rebelles les soldats d'un pays libre; il demanda :

« La clef de ces menottes où est-elle?

— Dans ma poche, répondit Spear.

— Parfait; vous pensez à tout. »

La chambre dans laquelle se trouvaient les prisonniers possédait deux portes, l'une extérieure par laquelle Hartrem et Le Léger venaient d'entrer, l'autre donnant sur une pièce plus petite, celle de Spear, où la table dressée attendait les joueurs.

A chacune des issues de la première pièce veillait un soldat en armes, les deux autres soldats attendaient leur tour de faction dans la petite chambre.

Le Léger embrassa ces dispositions d'un coup d'œil, félicita tout haut le sous-officier de leur habile ordonnance, et intérieurement arrêta définitivement son plan de campagne.

« Croyez-vous, demanda Spear, que tant que je serai de garde près d'eux ces hommes pourront se sauver?

— Je ne le crois pas, répondit Le Léger, à moins qu'il ne leur tombe des sauveurs du ciel. »

On s'assit et le jeu commença.

Les règles du whist entraînent un déplacement périodique des trois joueurs, seul le côté de la table où se trouve étalée la portion du jeu de cartes dénommée le mort reste constamment inoccupée.

Le Léger laissa passer les deux premières heures sans manifester en rien son intention de frapper le coup décisif.

Spear, à sa grande satisfaction, gagnait. Par moment il reprochait à Hartrem ses distractions; le géant, en effet, bouillait intérieurement d'impatience et dans ces conditions faisait un piètre partenaire.

Le Léger, de plus en plus étincelant, donnant par son verbiage continuelle issue à sa nervosité, jouait fort correctement.

Enfin, onze heures sonnèrent; c'était le terme que s'était assigné pour agir l'Afrikander français.

A ce moment la disposition des acteurs du terrible drame qui allait suivre était la suivante :

Le Léger tournait le dos à la porte de communication des deux chambres; le factionnaire, placé à cette porte, s'était peu à peu approché et suivait le jeu par-dessus l'épaule du Français. Il avait vis-à-vis de lui Hartrem flanqué lui-même par les deux soldats non de garde, tous deux également attirés par la fascination des cartes. Spear, faisant face au mort, était placé entre les deux amis et la disposition de la table ne laissait qu'un étroit couloir entre la cloison et lui.

Le factionnaire de la porte d'entrée de la grande chambre, trop éloigné des joueurs, n'avait point bougé de son poste; il semblait somnoler appuyé sur sa latte nue.

Jusque-là, dans la conversation, Le Léger avait employé alternativement le français ou le hollandais, langues qu'entendait également Spear mais que ne connaissait aucun des soldats anglais.

Quand l'Afrikander s'exprimait en hollandais il était compris des captifs, et ceux-ci, prévenus par Jan que quelque tentative se préparait pour ce soir-là, prêtaient alors la plus grande attention.

Le Léger, tout en donnant de nouvelles cartes, s'exprima cette fois en hollandais, de ce ton goguenard qui, chez un esprit non prévenu, enlevait à ses paroles toute signification tragique :

« Hé! Hé! Monsieur Spear, dit-il, vous êtes joliment heureux au jeu ce soir et, vous savez, l'on dit : heureux au jeu, malheureux... à la guerre. Prenez garde, prenez garde, il pourrait bien vous arriver quelque aventure désagréable.

— Que pourrait-il arriver? répondit Spear insouciant, croyant à une plaisanterie; n'êtes-vous pas convenu vous-même que toutes les dispositions sont prises et bien prises, que notre sécurité est parfaite.

— Oui, d'accord, mais à une condition, c'est que l'ennemi n'ait point d'intelligences dans la place.

— Que voulez-vous dire? répondit Spear avec un gros rire tant la proposition lui parut bouffonne.

— Voyons, écoutez-moi et comprenez-moi. Pour un instant faisons une supposition. Supposons que l'ami Hartrem que voici, et moi, nous soyons mis en tête de vous débarrasser de vos prisonniers!

— Absurde votre proposition.... Allez toujours cependant, vous m'amusez.

— Eh bien, figurons-nous ceci : Hartrem et moi nous sommes introduits ici de connivence avec vos prisonniers et sous un prétexte

quelconque... sous quel prétexte? voyons.... Eh! mais tout simplement
sous le prétexte de jouer au whist avec vous, par exemple.

— Ah! Ah! très drôle, s'écria Spear riant à se tordre.

« Il est impayable, votre ami, savez-vous, monsieur Hartrem? »
ajouta-t-il.

Hartrem répondit par un grognement qui ne voulait dire ni oui ni
non, et Le Léger reprit, toujours en hollandais :

« Nous voici donc dans la place, le plus fort est fait.

« A onze heures du soir, tout dort excepté les prisonniers naturellement puisqu'ils sont avertis, excepté leurs gardes qui eux veillent
comme c'est le devoir de tout bon garde, excepté nous puisque nous
jouons au whist. L'un des gardes somnole cependant, celui qui est
au milieu des captifs; le pauvre diable ne voit pas le jeu, ne peut
s'y intéresser, il est trop loin; il est bien excusable après tout, ce
garçon, les heures lui paraissent longues. De celui-là les prisonniers
ne feront qu'une bouchée tout à l'heure à un signal convenu... par
exemple quand je jetterai mon paquet de cartes sur la table, en
criant : en voilà assez! Ils sont huit, les prisonniers, et bien qu'en-
chaînés, comme le garde est au milieu d'eux, qu'il est seul, vous
admettez bien qu'ils en auront raison. Quant aux autres....

— Quant aux autres? interrogea Spear dont l'attention commençait
à s'éveiller, sans qu'il pût croire encore à autre chose qu'à une plaisanterie.

— Quant aux autres? reprit Le Léger précipitant sa diction, quant
aux autres, deux d'entre eux sont à côté de l'ami Hartrem, mais
l'ami Hartrem est un hercule, quelque chose comme un double étau
vivant; à mon signal il se lève, empoigne chacun d'eux à la gorge et
les étrangle. Le troisième, j'en fais mon affaire; j'ai un rasoir dissimulé dans ma vareuse, je lui coupe le cou. Reste vous, monsieur
Spear. Mais vous, vous êtes pris entre Hartrem et moi. Serré comme
vous l'êtes entre la table, le mur et nous deux, je ne donnerais pas
six pence de votre peau. »

Spear, cette fois, semblait tout à fait inquiet, d'autant plus inquiet
qu'une rumeur vague courait parmi les Boërs prisonniers. Avertis
par Jan, n'ayant rien perdu de cet étrange discours fait en langue
hollandaise à leur intention, ils attendaient le signal promis pour
jouer le rôle qu'avec une stupéfiante audace Le Léger leur avait

assigné tout haut. Quant aux soldats anglais, ils ne pouvaient rien comprendre à cette scène; ayant vu rire leur chef, les paroles prononcées leur échappant complètement, ils se regardaient en souriant.

« Par ma foi, monsieur Le Léger, s'écria Spear, on croirait vraiment à vous entendre.... »

L'Afrikander français ne lui laissa pas le temps d'achever. Sûr de ses compagnons et de lui-même, il ne voulait pas compromettre par un excès d'audace la partie si bien engagée grâce à cette audace même.

Il venait de ramasser son jeu. Il le jeta sur la table avec violence en criant comme il l'avait annoncé :

« En voilà assez! »

A ce signal tout le monde fut debout et le programme tracé par Le Léger s'accomplit avec une rapidité telle qu'aucun des Anglais n'eut le temps de se reconnaître ni même de pousser un cri.

Hartrem se leva, ses poings puissants s'abaissèrent simultanément sur les crânes des deux soldats placés à ses côtés, qui tombèrent à demi assommés, inanimés. En même temps, Le Léger dégageait sa main droite de sa vareuse dans laquelle il l'avait glissée depuis un instant, et le garde debout à sa droite qui le cou tendu regardait hébété les cartes éparses sur la table s'affaissait la gorge ouverte d'un formidable coup de tranchant.

Puis Hartrem bondit, écrasant à demi Spear contre la muraille, se précipita sur le factionnaire de la porte extérieure que les huit prisonniers entouraient l'étouffant à demi, et de son redoutable poing l'étourdit également.

Pendant ce temps, Le Léger ficelait et bâillonnait soigneusement le trop confiant Spear, encore suffoquant du choc formidable du Hollandais; puis aidé de son géant ami, il traita de même les trois soldats que le poing d'Hartrem avait réduits momentanément à l'impuissance.

CHAPITRE XIV

SUCCÈS COMPLET

Tous ces événements s'étaient succédé avec une telle rapidité qu'Afrikanders et Boërs se trouvèrent sans ennemis avant même d'avoir pu comprendre comment cela s'était fait. Pas un cri n'avait été poussé, pas une détonation d'arme à feu n'avait retenti, conditions essentielles pour la réussite de la fin du plan dû à l'imagination féconde de Le Léger. Le succès était complet.

Seul le Français avait encore conservé son sang-froid. Soutenu par le sentiment de sa responsabilité d'auteur du coup de main, il ne se laissait pas griser par ce premier succès foudroyant, et de toute la force de son puissant ascendant de triomphateur il sut, heureusement pour eux, dominer complètement ses compagnons.

« Silence, leur dit-il, réprimant leurs cris de victoire prêts à jaillir de leurs lèvres, silence! »

Puis toujours facétieux, il éleva au-dessus de sa tête un objet qu'il venait de retirer de la poche de Spear, et dit :

« Voici la clef grâce à laquelle vont tomber vos chaînes. »

Il tenait, en effet, à la main, cette clef des menottes des prisonniers que le sous-officier anglais lui avait, deux heures auparavant, ingénument confessé porter sur lui.

Cinq minutes plus tard, les sept Boërs et Jan étaient libres ; mais pour que cette liberté si habilement acquise pût être conservée, il leur fallait des chevaux et des armes, or chevaux et armes étaient sous la garde des huit Anglais du hangar.

« C'est fort simple, proposa Jan, partageons-nous les armes des quatre soldats vaincus, allons attaquer ces huit endormis, nous sommes dix et en aurons bon marché.

— Mon fils, répondit Hartrem faisant allusion à l'Anglais égorgé par l'Afrikander français, ne trouves-tu pas qu'en commettant un meurtre nous avons assez versé de sang ce soir? Laisse faire notre ami Le Léger, il découvrira bien dans son esprit fécond un moyen d'obtenir ce qu'il nous faut, sans en verser de nouveau.

— Hum! hum! repartit Le Léger le problème ainsi posé ne paraît pas des plus simples à mon esprit, si fécond soit-il, à ton avis du moins, ami Hartrem.... Cependant on peut essayer.

— Oh! du moment que vous dites : on peut essayer, s'écria Jan avec conviction, la réussite est sûre.

— C'est ce que nous verrons. Laissez-nous faire, Hartrem et moi, nous du moins n'inspirons pas le soupçon. Quant à vous, ajouta Le Léger, en s'adressant aux Boërs, si vous consentez à me laisser poursuivre la conduite de cette aventure, tenez-vous coi ici, et si je me trouve dans la nécessité de vous envoyer quelque Anglais, sautez dessus, bâillonnez-le, mais le tout sans bruit autant que possible. »

Au dehors la nuit était noire, d'un noir d'encre; tout au plus une vague lueur tombée des étoiles permettait-elle de distinguer à l'état de silhouettes confuses les objets les plus rapprochés.

« Attends là, dit Le Léger à Hartrem, en le plaçant au coin du bâtiment, je vais t'envoyer la sentinelle qui veille là-bas; fais-lui signe d'approcher, mais sans l'appeler autrement que par des gestes; quand elle sera à ta portée, étrangle-la, ce sera la dernière victime. Pour le reste, rapporte-t'en à moi. »

Le géant s'immobilisa où le voulait Le Léger; il avait une telle confiance ce soir-là en l'esprit inventif de son compagnon qu'il lui obéissait comme une machine.

Le Léger délibérément s'approcha du factionnaire placé devant les écuries.

« Eh! l'ami, lui cria-t-il quand il fut à six pas de lui, ne voyez-vous pas votre chef, il vous fait signe, là-bas. Il est d'une humeur de dogue ayant perdu toute la soirée, aussi je vous conseille de vous hâter. »

Surpris, le soldat regarda dans la direction indiquée; il entrevit vaguement une silhouette,. celle d'Hartrem, et sans nulle défiance alla à lui, croyant avoir affaire au sergent Spear.

L'instant d'après la sentinelle, terrassée par Hartrem, ficelée et bâillonnée, était portée par le géant dans la chambre où attendaient les prisonniers. Le Hollandais l'avait dit : à moins d'absolue nécessité il ne voulait massacrer personne ce soir-là.

Cependant Le Léger, tout en s'avançant sans bruit vers les écuries, établissait mentalement un rapide calcul.

« Huit Boërs dont Jan, se disait-il, or il y a là-bas les armes des cinq morts et celles de la sentinelle, cela fait six. Il me faut donc rapporter encore deux carabines, plus celle d'Hartrem et la mienne qui doivent être rangées là avec les autres. Comment ferais-je bien pour prélever ces armes sans donner l'éveil ? »

A ce moment, malgré sa puissance sur lui-même, il faillit pousser un cri de joie. Les Anglais logés dans l'écurie avaient disposé leurs armes en un seul faisceau à la porte du bâtiment.

Parmi cette dizaine d'armes, il choisit celle de son compagnon, la sienne et deux autres, puis respectant le reste du faisceau, il glissa un caillou dans le canon de chacune des armes restantes. Cette petite pierre tombant au milieu du mécanisme devait momentanément l'enrayer ce qui rendrait ces carabines inutilisables durant quelques minutes au moins.

Ceci fait, Le Léger pencha la tête à l'intérieur de l'écurie dont la porte était restée ouverte puis, d'une voix de stentor, en excellent anglais, imitant à s'y méprendre l'accent de Spear, il cria :

« Allons, houst! vous autres, on part. Qu'on sorte les chevaux et vivement. »

Surpris dans leur premier sommeil, réveillés en sursaut, les sept Anglais obéirent machinalement, encore à demi endormis.

Ils ajustèrent leurs brides aux chevaux et les conduisirent au dehors où les tinrent trois d'entre eux; pendant ce temps les quatre autres faisant la navette avec l'unique lanterne allaient chercher les selles dans l'écurie.

Rapidement Le Léger s'était rabattu sur ses compagnons, il leur apportait les quatre carabines de complément avec leurs cartouchières.

En deux mots il les mit au courant de ses projets, les organisa en bon ordre, deux par deux, en une troupe qu'Hartrem et lui flanquaient ostensiblement armés tandis que les Boërs pourvus maintenant chacun d'un fusil les dissimulaient sous leurs amples blouses ; puis il dirigea tout son monde sur le groupe des chevaux.

Les Anglais, voyant vaguement dans la nuit avancer cette petite colonne, crurent qu'il s'agissait des prisonniers conduits par deux des leurs et se laissèrent approcher sans défiance.

Le Léger manœuvra de manière à éviter les porteurs de selles.

Arrivés à six pas, les Boërs, Jan, Hartrem et lui, sur un signal convenu, bondirent chacun à cru sur un des chevaux, et lui enfonçant les éperons dans le ventre s'élancèrent à toute vitesse vers le nord.

Stupéfaits de cette soudaine et inattendue attaque, les Anglais demeurèrent deux secondes interloqués ; puis, poussant de grands cris, ils abandonnèrent selles et chevaux restants, et sautèrent sur leurs carabines.

Mais quand ils voulurent se servir de ces armes, les culasses refusèrent de jouer. Et d'ailleurs Boërs et Afrikanders, tous excellents cavaliers, avaient déjà disparu au loin dans les ténèbres, entraînant derrière eux, pour comble d'infortune, le reste des chevaux anglais qui, lâchés par leurs gardiens, s'étaient laissé emballer derrière leurs camarades lancés au triple galop.

CHAPITRE XV

Un grand bonheur attendait les fugitifs : après deux jours de marche, rendus pénibles, même à ces excellents cavaliers, par l'absence de selles sur le dos de leurs montures, ils rencontrèrent un commando boër à quarante milles au nord, à mi-chemin de Boshof, et ce commando était précisément celui de Pretorius Van Dyl accru d'une soixantaine d'Européens que commandait le colonel français de Villebois-Mareuil.

Cette rencontre du commando de Pretorius Van Dyl s'expliquait en partie par ce fait qu'à la requête d'Eland et Bless le jeune chef boër avait décidé de pousser une pointe dans l'ouest à la recherche d'Hartrem et de Le Léger.

La capture du général Cronje et de ses trois mille hommes à Paarde Berg avait jeté le désarroi et le découragement — un découragement momentané — parmi les Boërs. Laissé sans ordres, sans direction, Pretorius avait volontiers suivi le colonel français et ses compagnons européens dans la reconnaissance que M. Villebois-Mareuil avait décidé de faire sur Kimberley; cette opération allait à son esprit aventureux, correspondait à son désir d'avoir des nouvelles de ses deux Afrikanders, et, le colonel Villebois-Mareuil venant d'être nommé général boër par Joubert, il s'était placé sous ses ordres.

Eland et Bless connaissaient la captivité de Jan, aussi l'accueil qu'elles firent à leur cousin et à ses sauveurs fut-il des plus émouvants. Jan leur apprit que le plan de leur délivrance était dû à Le Léger, et Bless, cédant à un de ces élans charmants auxquels l'entraînait sa vivacité, sauta au cou du Français en lui disant :

« Monsieur Le Léger, permettez que je vous embrasse, je suis si heureuse de voir mon Jan hors des griffes des Anglais.

— Eland, remarqua Jan, il ne faut point faire de jaloux. M. Hartrem, ne l'oublions point, a contribué aussi pour sa large part à notre évasion. Allons, Eland, te montreras-tu moins généreuse que Bless?

— Ami Jan, répondit Hartrem, un vieux bonhomme comme moi n'est point des plus agréables à embrasser et je ne voudrais point imposer à Eland une corvée. »

Eland fit à cette boutade la meilleure des réponses, elle leva sur Hartrem un regard étonné, très doux, et lui tendit son front....

Les Anglais occupaient Boshof, et le général de Villebois-Mareuil avait décidé de reconnaitre leurs positions.

Il ne s'agissait point d'une reconnaissance offensive mais d'un simple raid rapide en avant en évitant tout contact avec l'ennemi, aussi devait-il emmener très peu de monde avec lui.

Dans la conférence qu'il eut avec Pretorius il fut convenu que le chef boër l'attendrait à Lang-Laagte. Avec une centaine d'hommes, en majeure partie volontaires européens, le général pousserait sa reconnaissance; il serait suivi à distance par quelques Boërs du commando qui lui serviraient éventuellement de liaison avec les cinq cents cavaliers de Pretorius.

Hartrem, Le Léger et Jan s'étant offerts pour remplir ce dernier rôle, furent acceptés.

Quand les trois amis apprirent à Eland et à Bless qu'ils allaient à nouveau les quitter, les jeunes filles poussèrent les hauts cris; il n'était rien arrivé de fâcheux tant qu'ils étaient restés avec elles et au contraire Jan avait été fait prisonnier après leur séparation ; elles étaient persuadées que leur présence portait bonheur aux trois hommes, elles ne vivraient plus à les savoir éloignés.

A quoi Le Léger et Jan avaient répondu que l'expédition était sans danger, il s'agissait d'une simple reconnaissance, on n'engagerait aucun combat; d'ailleurs leur rôle se réduirait à celui de messagers, ils resteraient toujours en arrière de la petite troupe commandée par

Villebois-Mareuil, se trouveraient protégés par elle contre toute tentative de l'ennemi.

Au grand ennui des deux amis, pris à leur propre piège, les jeunes filles avaient alors répondu que, puisque l'expédition n'offrait aucun danger, il n'existait aucune bonne raison de les empêcher d'y prendre part ; elles monteraient à cheval et suivraient leurs compagnons.

Cet argument se trouvait être sans réplique, Eland et Bless ayant fait leurs preuves, et comme écuyères et au point de vue de l'endurance aux fatigues, aussi en fin de cause fut-on obligé d'accéder à leur désir.

Un des serviteurs cafres du nom de Muti, également monté, fut dès lors adjoint à la petite troupe et chargé spécialement de conduire en main un septième cheval porteur des bagages rendus indispensables par la présence des jeunes filles.

CHAPITRE XVI

UNE FORTERESSE AÉRIENNE

A la fin de la première journée de marche une faible reconnaissance de cavalerie anglaise fut aperçue au loin. On la salua à coups de fusil et elle tourna bride aussitôt.

Ce furent là les seuls êtres humains que rencontra la petite troupe commandée par Villebois-Mareuil.

Le soir, le général installa son camp au sommet d'un kopje qu'un épisode extraordinaire, à peu près unique dans les annales de la guerre, allait rendre célèbre le lendemain. Ce kopje s'élevait d'une centaine de mètres au-dessus de la plaine et, comme elle, ses pentes étaient revêtues de hautes herbes, de broussailles épineuses entremêlées de bouquets d'arbres.

Fidèles à leur consigne, Le Léger et ses compagnons s'arrêtèrent quand ils virent le commando s'arrêter; ils se trouvaient à ce moment à un peu moins d'un mille de lui, du côté opposé à la ville de Boshof que selon toute vraisemblance occupait l'ennemi à deux lieues plus à l'ouest.

« Le commando Villebois-Mareuil campe, nous allons faire de même, je suppose? demanda Hartrem.

— Certainement, répondit Le Léger, la question est de savoir où nous nous établirons. Voici une plaine merveilleusement faite pour les surprises de la nuit. Nous nous y installerons tranquillement, et demain matin, au lever du jour, serons tout étonnés de nous réveiller entourés à demi-portée de fusil par une nuée d'Anglais.

« — Voyez ce rocher », dit le Cafre Muti en désignant du doigt une roche gigantesque qui saillait seule au nord-est au-dessus de la plaine, semblable à un prodigieux menhir.

Un quart d'heure auparavant on était passé à quelques centaines de mètres de cette roche, mais seuls Muti et, comme on le vit par la suite, Jan y avaient prêté quelque attention.

Les yeux de tous se tournèrent de son côté. C'était une sorte de cône tronqué aux parois presque verticales, dépourvues de toute végétation et, autant que la distance permettait d'en juger, d'une régularité de formes telle que leur nature rocheuse devait en rendre le gravissement à peu près impossible.

Bien qu'étrange, cette roche isolée n'avait guère excité la curiosité des Afrikanders car il n'est pas rare d'en rencontrer de semblables un peu partout dans ces contrées. Cependant quand ils l'eurent regardée avec plus de soin, ils s'aperçurent qu'elle méritait parmi ses semblables une mention toute particulière ; en effet, au sommet de ce tronc de cône rocheux, à quatre-vingts mètres par conséquent au-dessus de la plaine, se dressait un arbre géant, roi des végétaux africains, un puissant baobab.

« Parbleu, fit Le Léger répondant à l'indication du Cafre, nous serions merveilleusement installés dans la frondaison de ce baobab, là-haut ; mais comment y parvenir ? cette roche me semble inaccessible, surtout à ces demoiselles et plus encore aux chevaux.

— Oh ! s'écria Jan, n'ayez aucune inquiétude en ce qui nous concerne. J'ai observé la roche tout à l'heure ; Muti, un vrai singe au point de vue de l'agilité, en aura bientôt fait l'ascension ; de là-haut il nous jettera une corde double ; avec une corde double on monte partout.

— Hum ! hum ! fit Le Léger, croyez-vous que ce dernier précepte s'étende à des jeunes filles ? »

Bless se chargea de répondre.

« Attendez pour nous croire maladroites, de nous avoir vues à l'œuvre, monsieur Le Léger », dit-elle.

Le Léger s'inclina.

« Et les chevaux, demanda-t-il, se hisseront-ils aussi à la force des paturons le long de la corde double ?

— Ils pourraient se cacher aux environs sous la garde de Muti, répondit Hartrem, ils nous rejoindraient demain matin si tout est tranquille. »

Le Léger hésita un instant.

« Vous avez raison, Hartrem, dit-il, mieux vaut que les chevaux seuls courent le risque d'être capturés plutôt que de nous entêter à partager inutilement ce risque avec eux. Va donc pour l'ascension projetée. La rencontre que nous fîmes tantôt de ces cavaliers anglais ne me dit rien qui vaille ; nous sommes signalés et l'ennemi a beau jeu dans ces plaines de brousses pour nous entourer en force pendant la nuit. »

La petite troupe revint vers la roche et en fit le tour. Toutes ses faces, à peu de chose près, se ressemblaient, c'était jusqu'à mi-hauteur une pente raide formée d'éboulis que dominait une falaise offrant une certaine déclivité. A l'est cette falaise se réduisait à une dizaine de mètres de hauteur ; ce côté fut choisi pour l'ascension.

« Du diable si un homme peut grimper là-haut », murmura Le Léger.

Et de fait, si la paroi rocheuse était moins élevée sur cette face, par contre elle semblait totalement inaccessible ; mais l'œil scrutateur de Muti avait aperçu dans cette paroi certaines anfractuosités et ces anfractuosités allaient lui servir à exécuter sa périlleuse ascension.

Le Cafre Muti passait pour un des plus habiles grimpeurs de roches de sa tribu ; c'était un bel homme de haute taille, à la peau plutôt bronzée que noire, à l'œil vif, aux membres bien proportionnés.

Il commença par dépouiller la plupart des ajustements, que, fier de faire partie d'une expédition guerrière, il s'était plu à revêtir. Il quitta le bouquet de plumes d'autruche qui ornait sa chevelure, le manteau de peau d'antilope qui flottait sur ses épaules, puis les bracelets de cuivre ornements de ses poignets et de ses chevilles, enfin la jupe courte, formée d'un grand nombre de queues de gnous, qui lui tombait autour des hanches ; et désormais, revêtu du seul caleçon, rien ne pouvait plus gêner ses mouvements.

Alors dans un paquet de javelines qui ne le quittait jamais il en choisit trois et les débita en bâtons égaux d'un peu moins d'un pied de longueur chacun.

Ces dispositions prises, il s'approcha de la paroi verticale ; dans certaines de ses anfractuosités il enfonça ses bâtonnets ; puis, se collant au rocher, semblant ne plus faire qu'un avec lui, déployant une souplesse de serpent, il commença à s'élever le long de son flanc, utilisant les moindres saillies pour y poser le pied ou la main, ne laissant passer aucune fissure sans y fixer un bâtonnet qui tout à l'heure lui servirait d'appui.

En dix minutes il fut au faîte, salué par les bravos des blancs qui jusque-là avaient retenu leur haleine tant leur semblait périlleuse, tant était palpitante cette ascension d'une audace inouïe.

Muti avait emporté avec lui une longue et forte corde, il la doubla en la passant dans un anneau qu'il fixa au baobab, et en un clin d'œil, Jan, au moyen de cette corde, fut au sommet; Hartrem et Le Léger l'y suivirent, enfin les efforts des deux Afrikanders n'eurent point de peine à hisser jusqu'à eux les jeunes filles.

« Ma foi, remarqua Hartrem, le procédé d'ascension est excellent et je ne vois pas pourquoi nous ne l'utiliserions pas pour monter les chevaux ici.

— Grâce à votre vigueur, monsieur Hartrem, nul doute que la chose ne soit faisable, dit Bless; il y a sur le sommet de ce rocher une petite plate-forme naturelle pourvue d'herbe en abondance, nos bêtes y seront dans la perfection.

— Oui, remarqua Le Léger, mais en cas d'attaque du commando voisin elles trahiront notre présence; elles ne pourront pas à notre exemple se dissimuler dans le feuillage du baobab.

— Alors qu'en ferons-nous? demanda avec regret Eland à qui, comme à sa sœur, la proposition d'Hartrem avait fort souri.

— Revenons, si vous m'en croyez, à notre ancien projet, répondit Le Léger; elles iront se mettre à l'abri à un mille d'ici du côté opposé à l'ennemi, dans quelque bouquet de bois sous la garde de Muti; et si nous-mêmes venions à être assiégés, Muti se rabattrait sur Lang-Laagte, pour mettre Pretorius Van Dyl au courant de la situation. »

Ainsi fut-il fait après que les bagages les plus essentiels eurent été montés sur la plate-forme.

Parmi ces bagages se trouvait un appareil à projections grâce auquel la petite troupe pouvait échanger des signaux avec le commando Villebois-Mareuil; il fut aussitôt mis en fonction par Jan et ses cousines à qui plus spécialement incombait ce soin.

IL COMMENÇA A S'ÉLEVER LE LONG DU FLANC DU ROCHER.

Pendant ce temps, Hartrem et Le Léger s'étaient hissés dans l'arbre géant et en faisaient en détail la découverte.

Un baobab, parvenu à son entier développement, est une véritable forêt portée par un seul fût; or celui qui couronnait la pyramide rocheuse répondait littéralement à cette définition.

Son tronc unique n'avait guère plus d'une dizaine de pieds de hauteur, mais, comme tout l'ensemble de l'arbre d'ailleurs, il rachetait, et au delà, en circonférence ce qui lui manquait en hauteur pour justifier son titre de géant : il mesurait à la base au moins vingt mètres de tour.

A dix pieds au-dessus du sol, ce fût énorme se subdivisait en sept branches principales dont trois étaient grosses comme les plus gros chênes; ces branches s'élevaient d'abord d'un seul jet à six ou huit pieds puis se subdivisaient en d'autres branches au nombre d'une cinquantaine; ces dernières supportaient les rameaux et le feuillage.

Entre les sept branches du fût était ménagée une sorte de salle naturelle de trois mètres en tous sens où il fut décidé que s'installeraient les jeunes filles. Les Afrikanders et Jan se tiendraient aux étages supérieurs, là où commençait la ramification des grosses branches dont le sommet constituait, comme celui du fût, des plate-formes presque closes mais plus petites. Enfin à tour de rôle l'un des trois hommes se posterait en vedette dans la partie la plus élevée du baobab; là il se trouverait à peu près au niveau du kopje qu'occupait Villebois-Mareuil.

Cachés par les branches et la frondaison touffue de l'arbre géant, ses cinq hôtes y devaient être totalement invisibles, tout en ayant l'avantage de tout voir eux-mêmes par suite de leur situation dominante. De plus, ils étaient installés là dans une position inaccessible.

Cette sorte de forteresse naturelle offrait à la vérité un inconvénient pour le rôle que pouvait être appelé à jouer sa petite garnison, elle était assez éloignée du kopje occupé par la troupe principale; mais les Afrikanders et Jan avaient été munis par le général Villebois-Mareuil d'une excellente longue-vue grâce à laquelle ils pourraient néanmoins apercevoir de jour ses signaux; de nuit ils resteraient en communication avec lui au moyen de l'héliographe, maintenant disposé au premier étage du baobab.

« Que vous semble de votre boudoir, cousines? demanda Jan

9

après avoir expliqué aux jeunes filles que leur tente allait être dressée sur le fût même de l'arbre géant.

— Il est parfait, répondit Bless, mais j'ai une inquiétude : êtes-vous installés commodément là-haut dans ces branches?

— Veux-tu y monter?

— Cela ferait bien des ascensions pour une seule soirée.

— Eh bien! en ce cas, crois-moi sur parole; Hartrem, Le Léger et moi avons là-haut chacun une petite chambrette tout à fait confortable d'où nous pourrions faire au besoin le coup de feu sur messieurs les anglais de la plaine, sans même qu'ils se doutent d'où partent les coups, grâce à la bonne poudre sans fumée de nos cartouches.

— Vous ressembleriez fort là-haut à des oiseaux qui tireraient des coups de fusil sur leurs chasseurs.

— C'est cela, bravo, cousine. D'ailleurs n'est-ce pas la vie des oiseaux, une vie charmante, que nous allons mener ici dans ce bienheureux baobab.

— Si on ne nous en déloge pas?

— Comment le pourrait-on? Ce roc est inaccessible, et dans notre feuillage nous sommes invisibles.

— Crois-tu que demain au jour ceci ne pourra pas attirer l'attention sur notre campement aérien? demanda Eland en frappant de la main sur la toile de sa légère tente.

— Aussi, cousinettes, répondit Jan, serons-nous obligés de vous réveiller de bonne heure demain matin, avant l'aurore, pour abattre à temps cette blancheur, seul indice capable de trahir la présence d'êtres humains ici. »

Le Léger en ce moment prenait pied sur la plate-forme inférieure du baobab, il venait des étages élevés de la frondaison.

« On a là-haut une vue magnifique, dit-il.

« Que vous a-t-on répondu de là-bas par l'héliographe ajouta-t-il, en s'adressant à Jan.

— Que tout va bien et que nos dispositions sont approuvées, répondit le jeune garçon; il a été ajouté d'ordre du général qu'en cas d'attaque nous ne devons sous aucun prétexte quitter notre poste, ni révéler notre présence ici.

— Ordre qui sera dur à exécuter si les amis sont attaqués, murmura Hartrem descendu à son tour.

— Mais qu'on exécutera néanmoins, à la lettre », ajouta Le Léger.

Puis, après un instant de silence, il dit encore, sur un ton de gaité que l'on sentait un peu factice.

« Allons, Hartrem, Jan, remontons dans nos perchoirs et laissons ces demoiselles prendre un repos bien mérité. »

Puis, à voix plus basse, il ajouta pour Hartrem seul :

« Et nous aussi dormons quand notre tour ne sera pas de veiller pour la sûreté commune, je ne sais qui me dit que nous ne serons pas fâchés demain d'être en possession de toute notre vigueur. »

CHAPITRE XVII

Jusqu'a deux heures du matin la lune, dans son premier quartier, éclaira la vaste plaine. L'observation des abords du cône rocheux était facile sous cet éclairage de la moitié de l'astre des nuits étincelant dans une atmosphère très pure.

Jan veilla jusqu'à dix heures, puis Hartrem lui succéda, enfin Le Léger vint remplacer son géant compagnon au moment où, dans l'ouest, la lune allait disparaître derrière la masse sombre du kopje occupé par Villebois-Mareuil et ses compagnons de la légion étrangère.

« Allons, Hartrem, dit l'Afrikander français en atteignant cette fourche, la plus haute du branchage du baobab, où se trouvait le poste de la vigie chargée de veiller à la sûreté commune, allons, descends et livre-toi sans désemparer au sommeil, il reste à peine trois heures avant le lever du jour, mais trois heures bien employées — et comment pourrait-on les employer mieux qu'à dormir — sont quelque chose pour se préparer à supporter vaillamment de nouvelles fatigues. »

Hartrem secoua tristement la tête.

« Je ne sais si je pourrai dormir, ami Le Léger, dit-il, je me sens le cœur oppressé cette nuit....

— Serais-tu malade, toi que je n'ai jamais vu avoir même l'ombre d'une indisposition? interrompit Le Léger qui se méprit sur le sens des paroles de son compagnon.

— Non, répondit Hartrem, mon malaise n'a rien de physique; mais je vois l'avenir et même le présent sous les couleurs les plus sombres; de là vient cette angoisse dont je te parlais. »

Et comme Le Léger restait silencieux, montrant par son silence que lui aussi partageait ces angoisses de son ami, le géant reprit, laissant déborder son cœur trop plein dans celui de son vieux compagnon d'aventures et de périls :

« Vois-tu, Le Léger, cette capture de Cronje porte un coup mortel à notre cause, et j'entends ce soir continuellement retentir à mes oreilles les sombres prédictions que me fit au Natal le général Alexandrovitch; tu te le rappelles bien, ce grand seigneur russe, ce prétendu Dimitri....

— Comment l'aurais-je oublié?

— L'armée du Transvaal est sans cohésion, disait-il. Elle se compose de gens de valeur certes qui, pris individuellement, se battent admirablement, mais viennent les revers, et voici le premier, ces gens se laisseront aller au découragement, perdront confiance en des chefs qu'ils sentent peu supérieurs à eux; nous verrons alors ces belles troupes se désagréger, chacun retournant chez soi pour protéger son foyer particulier. Les rangs des Boërs fondront dans la défaite parce que le lien de la discipline n'est pas là pour les unir.

— Tu exagères, Hartrem, répondit faiblement Le Léger.

— Hélas! non, tu le sais bien, je n'exagère pas ou plutôt Dimitri n'exagérait pas, car enfin je ne fais que reproduire ses prédictions. Réfléchis, prends-nous, nous-mêmes, comme exemple; ne cherchons-nous pas sans cesse à échapper au joug de toute direction? On ne se douterait guère que nous faisons partie du commando de Pretorius Van Dyl, c'est nominalement seulement que nous le reconnaissons pour notre chef; au fond de nous-mêmes nous n'admettons pas son autorité.

— N'est-ce pas un tout jeune homme, presque un enfant?

— Tu le vois bien, j'ai raison. Un chef est un chef, Le Léger, il ne se discute pas. Malheur aux soldats qui discutent leurs chefs, car viennent les revers et ils n'obéiront plus. Nos burghers s'éparpilleront devant les Anglais, te dis-je, et quand les habits rouges arriveront en vue de Pretoria ils seront tout étonnés de n'avoir plus personne devant eux. Non que nos burghers soient des lâches, loin de

HARTREM SECOUA TRISTEMENT LA TÊTE.

o
]e

n
?
ß
ı
ıl

ə
lı

u
e
l

là; mais ce sont des indépendants; et le découragement, la lassitude en auront dispersé le plus grand nombre, sans qu'il ait été besoin, pour cela, d'un coup de fusil.

— Allons, allons, Hartrem, reprit Le Léger plus fermement cette fois, il peut y avoir du vrai dans ce que tu dis là, mais véritablement tu pousses trop tout au noir. Admettre que Pretoria assiégée ne trouverait pas de défenseurs, oh! non. A y bien réfléchir je ne partage nullement ton pessimisme. Certes, les revers pourront nous enlever le concours d'âmes timorées, n'y en a-t-il point partout? et l'armée, cependant déjà bien faible, du Transvaal, s'en trouvera diminuée d'un quart... mettons d'un tiers au maximum; ceux qui resteront seront les convaincus, et une armée peu nombreuse et décidée ne vaut-elle pas mieux qu'une armée plus forte numériquement mais indécise? Rappelle-toi les Écritures, Gédéon ne garda de ses soldats que les plus vaillants, avec ceux-là il fut vainqueur. Avec les vingt mille hommes qui lui resteront, le Transvaal continuera longtemps la lutte, sois-en sûr, non une lutte à l'européenne, en rase campagne, mais une guerre de guérillas, mille fois plus meurtrière aux Anglais.

— Oui, répondit Hartrem, une guerre de guérillas... cela ira bien au tempérament des burghers; mais ne se désagrégeront-ils point en troupes trop petites pour rien faire de sérieux?

— Non, reprit Le Léger, ils ne se désagrégeront point parce qu'ils ont entre eux un lien puissant, indestructible, très fort chez eux : le patriotisme élevé à la hauteur d'un véritable fanatisme religieux.

— C'est vrai, c'est vrai, murmura Hartrem, il y a là un cas tout particulier.

— Pretoria ne sera peut-être pas défendue mais ce sera par une tactique voulue, pour ne point laisser enfermer une force combattante qui, une fois enfermée, serait perdue pour cette guerre de guérillas, la plus meurtrière aux Anglais, la seule possible.

— Sur ce point, je l'avoue, répondit Hartrem, tu m'as à peu près convaincu et consolé, ami. Mais autre chose me tourmente. Que penses-tu de ce raid, un peu fou à force d'audace, du général Villebois-Mareuil? N'a-t-il pas une cause analogue? Le général, en sa qualité de Français, d'étranger, se sent discuté, suspecté presque; il a voulu payer de sa personne, il a senti qu'il lui fallait s'imposer à force de valeur surhumaine, et il tente les plus folles entreprises, pour forcer l'admiration, le respect, s'il réussit; pour trouver en mourant la fin d'une situation intolérable, s'il ne réussit pas.

— Ici, tu peux avoir raison, murmura Le Léger.

— Et il nous a entraînés avec lui dans sa folie. Nous, nous l'avons suivi, poussés par notre amour de l'indépendance. Nous voici seuls : deux hommes et un enfant en face de milliers d'Anglais qui demain peut-être nous cerneront, et je tremble en pensant à toi, mon cher compagnon, à ce Jan, cet enfant que j'aime comme un fils maintenant, à ces jeunes filles, ces deux charmantes Eland et Bless qui dorment là tranquilles, confiantes en notre illusoire protection.

— Ah! pour le coup, ceci est trop fort, s'écria Le Léger. Voici qu'Hartrem, le placide Hartrem au cœur si vaillant a peur, par ma foi, je crois; oui, a peur! Hartrem a peur!

— J'ai peur, c'est vrai, répéta à mi-voix le géant comme honteux de cet aveu, j'ai peur pour cet enfant, pour ces fillettes. Ah! si nous étions seuls ici, Le Léger, nous deux seulement, je n'aurais point peur, je t'assure, et dans cet asile inaccessible je soutiendrais un siège s'il le fallait, avec toi comme seul aide, contre toute l'armée anglaise.

— Ici encore tu te forges des chimères, répondit Le Léger, chimères que le lever du jour dissipera. L'asile est inviolable, tu en conviens toi-même, nous y sommes invisibles; quel danger peut nous atteindre?

— Que sais-je? Jusqu'ici la surveillance, grâce à l'éclairage de la lune, a été relativement facile, mais la nuit va succéder profonde et noire. Méfie-toi, Le Léger, veille bien. Que ton oreille, à défaut de tes yeux désormais impuissants, tâche de surprendre et d'interpréter les moindres indices. J'ai cru voir, là-bas au loin, des masses sombres se mouvoir, et la disparition de toute clarté va faciliter les surprises. Et, tiens, écoute, ne te semble-t-il pas entendre au loin comme une rumeur vague? »

Hartrem avait saisi le bras de son compagnon, il le serrait avec force. Il lui parut que Le Léger, imperceptiblement, avait tressailli.

« N'est-ce pas, reprit-il, comme moi tu as entendu. Les Anglais sont en marche, ne conviendrait-il pas d'avertir le général?

— Je ne crois pas tes craintes fondées, répondit Le Léger, ces bruits que, comme toi, j'ai cru en effet surprendre, sont trop indécis.

Il y a là-haut avec Villebois-Mareuil des burghers aussi accoutumés que nous à interpréter les rumeurs de la brousse ; plus près que nous de l'ennemi, ils peuvent mieux en juger ; puis, pour avertir le général il faudrait illuminer l'héliographe et ce serait nous trahir, trahir aussi peut-être sa présence. Non, ne bougeons pas, veillons.

— Oui, veillons, et avec soin. N'oublions pas qu'un triple précieux dépôt est entre nos mains. »

Hartrem désignait du doigt les étages inférieurs du baobab où reposaient Jan et ses deux cousines....

Un peu avant deux heures, le demi-disque lunaire s'abîma définitivement derrière l'horizon, laissant la plaine dans une obscurité profonde que ne parvenait pas à atténuer le scintillement cependant splendide des étoiles. Et de cette plaine montèrent alors des rumeurs étranges, à tout moment de plus en plus accentuées ; on sentait qu'une foule n'était pas loin, profitait des ténèbres pour accomplir une œuvre qui apparaîtrait terrible, irrémédiable au grand jour.

Les prévisions des deux Afrikanders se réalisaient : les Anglais enserraient le kopje voisin et ses quatre-vingt-dix défenseurs dans un flot de plusieurs milliers d'hommes.

Il était inadmissible que Villebois-Mareuil et ses compagnons ne se fussent point aperçus de ce mouvement.

En effet, ils s'en étaient aperçus, car les éclairs de coups de feu isolés strièrent momentanément la nuit de leurs lumières violentes.

Un peu avant cinq heures, quand une teinte légère vint estomper le fond sombre de l'horizon oriental annonçant l'approche de l'aurore, Eland et Bless secouèrent le sommeil qui les engourdissait encore, et un quart d'heure plus tard Jan pliait la tente de ses cousines dont la blancheur éclatante, à travers les interstices des branches, eût pu dévoiler la présence d'êtres humains parmi le feuillage de ce baobab, en apparence inaccessible à tous autres qu'à des habitants des airs.

Aux premières lueurs du jour la plaine réapparut avec assez de netteté pour que devînt perceptible la façon dont les Anglais avaient mis la nuit à profit. Et les deux Afrikanders, dominant le pays du haut de leur observatoire naturel, estimèrent, la mort dans l'âme, que la situation du commando Villebois-Mareuil était immanquablement désespérée. Trois mille hommes entouraient le kopje contre lequel six pièces de canon tournaient leurs gueules menaçantes.

L'artillerie anglaise avait été placée sur un léger relief de terrain à un millier de mètres environ du rocher du baobab. Le Léger ne manqua point d'en faire la remarque à Hartrem :

« Je vois par avance se dérouler la première scène des événements prochains, dit-il ; les Anglais vont sommer Villebois-Mareuil de se rendre, il refusera, et les canons ouvriront le feu. Alors, tranquillement, d'ici, nous autres, avec une hausse convenable, nous démolirons un à un les servants des pièces sans qu'ils puissent se douter d'où viennent les coups.

— Attends, attends, répondit Hartrem en retenant le bras du Français prêt à épauler, souviens-toi que le général nous a recommandé hier soir, par l'héliographe, de ne rien faire qui pût dévoiler notre présence ; or, tant que la lutte ne sera pas engagée, nos coups de feu attireraient malgré tout l'attention sur nous. »

Le Léger reprit son attitude d'observation, puis, au bout d'un instant, il porta aux yeux la forte lunette dont était munie la petite troupe.

« Mais, Dieu me pardonne, Dieu soit loué ! s'écria-t-il, le kopje est désert ; Villebois-Mareuil et les siens ont pu s'échapper....

— Telle serait donc la cause des coups de feu que nous avons entendus cette nuit, répondit Hartrem, ils ont profité des ténèbres pour battre en retraite ; ils doivent être loin à l'heure actuelle.

— Oui, pourvu qu'ils aient pu passer », murmura Le Léger.

Cependant plusieurs heures s'écoulèrent sans qu'aucune attaque se dessinât. Les hôtes du baobab se perdaient en conjectures sur cette apparente inaction des Anglais. Du haut de leur observatoire élevé ils se rendaient parfaitement compte que le kopje avait été évacué, mais l'ennemi dans la plaine ne pouvait le voir comme eux ; sans doute attendait-il, soit des renforts, soit un investissement plus complet avant d'attaquer.

A dix heures du matin enfin un mouvement se dessina dans la batterie d'artillerie située à un millier de mètres du baobab et, peu après, elle ouvrait le feu contre le sommet du kopje.

« Ah ! bien, par exemple, s'écria Le Léger en éclatant de rire, voici qui dépasse toute vraisemblance ; ils bombardent le néant... pour préparer évidemment un assaut contre des adversaires qui n'existent point.

— Oh! ils ne tarderont pas à reconnaître leur erreur, riposta Jan qui ne pouvait en croire ses yeux et ses oreilles.

— Justement, il ne faut pas qu'il en soit ainsi. Allons, Hartrem, voici le moment de déployer nos talents de tireurs. Tirons peu, mais visons bien et jetons par terre quelques-uns de ces maudits artilleurs.

— Dans quel but? ceci est contraire aux ordres, riposta le géant qui ne comprenait point.

— Dans quel but? mais précisément pour les entretenir dans cette croyance que le kopje est occupé; ils recevront nos coups de fusil et s'imagineront que les balles viennent de là-bas. »

Étant donnée la distance, le bruit fait par les détonations des pièces d'artillerie, étant donné aussi qu'aucun nuage de fumée ne viendrait en empanachant le feuillage du baobab déceler que des tireurs y étaient cachés, cette ruse pouvait réussir.

Et elle réussit.

En dix minutes, Hartrem et Le Léger avaient abattu six des servants des pièces anglaises, ceci d'autant plus aisément que ces infortunés apportaient tous leurs soins à se cacher aux vues du kopje d'où ils croyaient que venaient les coups et ne cherchaient en rien à se défiler du baobab, à leur sens inoffensif.

« Cessons le feu, dit alors Hartrem. Voici que les colonnes d'infanterie marchent à l'assaut du kopje et je tremble pour ces enfants qui nous sont confiés; notre insistance finirait par nous trahir.

— Tu as raison, notre but est atteint », répondit Le Léger.

Puis, avec un soupir, il ajouta :

« C'est vraiment dommage d'être obligé de renoncer à ce gentil petit jeu de massacre des habits rouges. »

Le but que s'étaient proposé les hôtes du baobab était en effet pleinement atteint, les Anglais se trouvaient maintenant persuadés que le kopje était occupé; ne leur répondait-on point à coups de fusil?

Une scène inénarrable se déroula ensuite sous les yeux des cinq occupants de l'observatoire aérien; les colonnes d'assaut avaient été régulièrement formées, et lentement, déployées suivant toutes les règles de la tactique de champ de bataille, elles gravissaient avec prudence les pentes du kopje.

Certes le kopje ne donnait pas signe de vie, mais ce pouvait être une ruse de guerre. En maintes circonstances déjà les Boërs abrités, invisibles, avaient attendu pour ouvrir le feu sur leurs assaillants que ceux-ci fussent à courte distance; les Anglais pouvaient croire, croyaient qu'il en était encore ainsi. Ils avançaient se rasant près du sol, utilisant les moindres obstacles pour s'abriter, s'attendant à tout moment à recevoir une décharge formidable qui coucherait par terre un grand nombre d'entre eux.

Enfin, ils furent à cent mètres, à cinquante mètres, à vingt mètres du sommet. Et ce sommet, cerné de toutes parts, restait toujours silencieux; ses défenseurs avaient-ils donc tous péri, écrasés par les obus de la batterie?

Enlevés par leurs officiers, les cinq cents Anglais qui montaient à l'assaut poussèrent un hurrah formidable, et avec des cris bondirent tous ensemble, franchissant de toute la vitesse dont ils étaient capables les vingt derniers mètres....

O déconvenue suprême! Sur ce sommet il n'y avait personne! Là, les assaillants se trouvèrent face à face avec ceux des leurs qui avaient gravi le kopje par ses autres pentes; ils n'avaient entre eux qu'un espace vide, parsemé de roches derrière lesquelles ne se trouvait aucune apparence d'ennemi vivant ou mort....

La brillante victoire des soldats de la Reine avait été remportée sur le néant!

CHAPITRE XVIII

LA MORT DE VILLEBOIS-MAREUIL

MALHEUREUSEMENT aux derniers hurrahs poussés par les soldats anglais s'étaient mêlées des détonations de mauvais augure, imperceptibles pour eux à cause de la distance, mais parfaitement perceptibles pour les hôtes du baobab car elles avaient éclaté à moins d'un mille de ce dernier, du côté opposé au kopje que cet assaut sans but allait désormais rendre ridiculement célèbre.

Ces détonations partaient d'un bouquet d'arbres assez important situé au pied d'un petit monticule.

Du haut de leur observatoire, et grâce à leur lunette, les deux Afrikanders se rendirent rapidement compte de la cause de ces coups de feu. Alors la joie qu'ils avaient ressentie quatre heures auparavant en constatant la disparition du commando Villebois-Mareuil, se changea en amère tristesse.

Villebois-Mareuil et ses vaillants compagnons, après avoir déjoué la première des embuscades anglaises, s'étaient cachés dans ce petit bois; mais leur retraite venait d'être découverte par un escadron de lanciers ennemis, et à nouveau entourés par des forces supérieures, cette fois en plein jour, il était peu vraisemblable qu'ils pussent encore échapper à la nuée d'Anglais qui de toutes parts allait fondre sur eux.

Anxieux et désolés, les cinq occupants du baobab se passaient de l'un à l'autre la longue-vue grâce à laquelle on embrassait les détails de la situation critique faite au petit commando.

« Pauvres amis, murmura Le Léger à ce moment détenteur de la longue-vue, ils sont bien perdus, ils sont cernés....

« Mais non, s'écria-t-il tout à coup, il leur reste encore un moyen d'échapper; malheureusement ils ne s'en doutent pas, ils sont dans l'impossibilité de s'en douter.

— Quel moyen? par où? interrogea Jan anxieusement.

— Vois, dit Le Léger en lui passant la longue-vue, derrière la ferme qu'ils occupent, de l'autre côté du petit kopje, il y a un bois et un étang; les abords de cet étang ne sont pas occupés par les habits rouges qui ne peuvent point y parvenir sans un long détour.

— Oui, je vois, je comprends, répondit Jan.

— Malheureusement nos amis ignorent que cette ouverture existe dans le cercle des Anglais; la disposition des lieux leur en cache la vue.

— Il faudrait les en prévenir, s'écria Jan, et les en prévenir vite.

— Oui, mais comment? riposta Eland en se tordant les mains.

— J'y vais, s'écria Jan, j'y vais. Je passerai et je les préviendrai. »

Et, avant que ses compagnons eussent eu le temps de revenir de leur surprise, le jeune garçon s'était laissé glisser au pied du baobab, avait couru au bord de la roche voisine, puis avec agilité en avait descendu la paroi presque verticale.

« O Jan, Jan, mon Jan, s'écria Hartrem avec des larmes dans la voix, que fais-tu? c'est folie... ils te prendront et cette fois te tueront.

— Non, Hartrem, répondit Le Léger, ils ne le prendront ni ne le tueront, l'enfant est adroit et passera... d'ailleurs s'il échouait ne sommes-nous pas là pour aller une seconde fois le délivrer?

— Oui, vous le délivreriez encore, monsieur Le Léger, n'est-ce pas? s'écria Bless en saisissant dans ses petites mains les rudes mains du chasseur.

— Oui, je vous le jure, Bless, répondit celui-ci.

— Oui, du moins nous ferions tout pour y parvenir », ajouta Hartrem en poussant un soupir.

Mais Eland leva sur lui ses beaux yeux dans lesquels se lisait un étonnement qui signifiait : « Est-il donc quelque chose d'impossible à deux vaillants comme vous? » Et le géant sentit toute son assurance renaître.

« Oui, Eland, Bless, dit-il, nous le sauverions. Mais nous n'aurons pas à le sauver; Le Léger l'a dit : l'enfant passera là où l'un et l'autre nous ne passerions pas. »

Pendant que s'échangeaient ces mots, la lutte avait commencé là-bas entre ceux que Jan allait prévenir et leurs adversaires, lutte méthodique de la part des Anglais, désespérée de la part des héroïques compagnons de Villebois-Mareuil qui se savaient un contre trente, sans espoir d'être secourus.

Ce fut d'abord la marche en avant, prudente, des éclaireurs anglais avançant de toutes parts en se couvrant des obstacles pour ne point être vus, ne point servir de cibles; puis ce fut la convergence d'un feu terrible de leur part, feu de mousqueterie couvrant d'une grêle de balles le petit commando, feu des six pièces d'artillerie le criblant de shrapnells; enfin ce fut l'assaut.

La lutte dura trois heures; deux mille hommes n'osèrent pas en aborder quatre-vingts avant de les avoir couverts de plomb et de fer trois heures durant.

Durant ces trois heures, le général Villebois-Mareuil fit le coup de feu comme un simple burgher, s'interrompant parfois pour donner ses ordres, disposer ses compagnons dans des situations mieux abritées, semblant n'avoir nul souci de se couvrir lui-même, défiant la mort à un point qui fit dire à Le Léger :

« Mais cet homme a donc résolu de se faire tuer?

— Parbleu, murmura Hartrem, il n'est que deux solutions pour ces malheureux : la capitulation ou la mort, or Villebois-Mareuil ne capitulera jamais.

— Oui, je comprends, répondit Le Léger; lui mort, lui mort seulement, ses compagnons pourront capituler; il le sait et, pour ne point leur fermer cette dernière porte de salut, il veut mourir. »

Cette mort que le héros français ne cherchait point à éviter, appelait peut-être de ses vœux dans un sublime esprit de sacrifice, il allait la rencontrer au début de l'assaut final.

Le Léger, la lunette aux yeux, l'apercevait toujours vaillant, à genoux, faisant feu de son revolver contre les ennemis, maintenant tout proches; quand, tout à coup, une troupe d'Anglais déboucha à quelques pas de lui ayant à sa tête un capitaine.

En un clin d'œil, Villebois-Mareuil fut debout, il déchargea son revolver en pleine face de l'officier ennemi, mais au même instant

un des assaillants visa le brave Français et presque à bout portant lui envoya une balle qui, traversant la poitrine, le frappa au cœur.

Villebois-Mareuil porta les deux mains à sa blessure et tomba sur le dos....

Peu d'instants après, ce qui restait de son commando, serré de près, à demi anéanti, arborait le drapeau blanc et capitulait....

L'intérêt de cette lutte inouïe avait détourné momentanément les

yeux des deux Afrikanders d'un autre spectacle cependant bien cher
à leur cœur, celui des tentatives faites par Jan pour percer le réseau
des Anglais et porter à Villebois-Mareuil l'avis dont Le Léger l'avait
chargé.

Les deux cousines du jeune garçon, elles, ne l'avaient point quitté
des yeux, aussi quand Hartrem demanda :

« Et Jan, Jan! que devient-il? »

Eland put répondre :

« Il vient d'entrer dans ce petit bois là-bas....

— **Mais,** interrompit Bless, en apercevant le drapeau blanc hissé
par le **commando** privé de son chef, nos amis sont prisonniers, Jan
arrivera trop tard; il **fau**drait qu'il revienne... comment lui dire de
revenir?

— Oui, murmura Hartrem, le brave enfant s'expose inutilement
maintenant, comment le prévenir? »

Le géant avait conservé le calme qui faisait le fond de son
caractère; mais ses traits pâlis et tirés, la sueur répandue sur son
front disaient l'angoisse qui lui tenaillait le cœur.

Le Léger, lui, semblait avoir perdu la tête; il prononçait des
paroles sans suite, s'agitait de toutes façons, et à deux reprises
Hartrem dut l'empêcher de faire la folie de sortir de l'abri du
baobab.

Ni lui, ni Hartrem, en effet, ne pouvaient songer à rejoindre Jan,
ni même à descendre sur la plate-forme rocheuse dans laquelle l'arbre
géant implantait ses racines.

Peu après le départ de Jan, trois heures auparavant, une troupe
anglaise d'une centaine d'hommes était venue se mettre en réserve
à un millier de pieds du cône rocheux, précisément du côté par lequel
seul il était possible d'en descendre; aussi eût-ce été folie de quitter
la cachette impénétrable formée par l'épais feuillage du baobab;
celui qui l'eût tenté aurait été immédiatement aperçu; outre qu'une
grêle de balles se fût abattue sur lui, il eût dévoilé à l'ennemi la
retraite de ses deux compagnons.

« Arrête, Le Léger, arrête, dit Hartrem modérant de sa main puissante les velléités de descente de son compagnon, mon cœur se fend
de savoir Jan en péril, et en péril inutile, sans pouvoir lui porter
secours; mais le soin des deux précieuses existences qui sont ici,

le soin de cacher à tous la présence d'Eland et de **Bless** dans cet abri, nous fait une loi de ne le point quitter. La nuit ne tardera pas à tomber; alors l'un de nous, tous deux mêmes peut-être, pourrons aller fouiller ce bois là-bas pour savoir si Jan y est libre, prisonnier ou si, hélas! il y gît mourant. D'ici là, le devoir nous commande de demeurer ici, demeurons-y. »

CHAPITRE XIX

Pour descendre du rocher dans la plaine, Jan avait utilisé les morceaux de javelines plantés la veille par Muti dans la roche, et il avait fallu au jeune garçon déployer toutes ses qualités de souplesse et d'agilité pour réussir dans sa descente, par ce périlleux escalier, sans le soutien d'aucune corde.

Arrivé au pied de la pyramide, Jan s'orienta de son mieux. Du point où il se trouvait, les ondulations de la plaine cachaient les deuxièmes plans ; il ne pouvait plus, comme du haut du baobab, embrasser d'un coup d'œil le théâtre des événements, conclure avec certitude : les Anglais sont ici, le commando Villebois-Mareuil est là, et agir en conséquence pour atteindre le second en évitant les premiers.

Il n'apercevait la plaine que dans un faible rayon autour de lui et, heureusement pour lui, cette portion de la plaine était déserte à ce moment.

Un seul indice pouvait lui permettre de s'orienter, le bruit des coups de feu que les éclaireurs anglais commençaient à échanger avec les partisans de Villebois-Mareuil.

Dans la direction qu'approximativement indiquait le crépitement lointain de cette fusillade se trouvait une petite éminence et sur cette éminence un bouquet de quelques arbres.

Jan gagna ce bouquet d'arbres.

De cet endroit, comme il l'avait espéré, le jeune garçon embrassait une plus grande étendue de pays, et, à l'abri des vues, il put enfin arrêter son plan en connaissance de cause.

Au loin, il apercevait le petit kopje, le bois et la modeste ferme du nom de Kahlfontein qu'occupait le commando de Villebois-Mareuil. Entre Kahlfontein et lui, Jan voyait se dérouler la plaine à peu près uniforme partout dans son aspect : ici couverte d'une haute végétation, véritable brousse, là presque nue montrant à vif son sol rougeâtre, sablonneux en ces endroits infertiles, parsemée çà et là de bouquets de bois.

Les troupes anglaises se dissimulaient dans la brousse; à coup sûr elles occupaient les bois qui leur offraient un meilleur abri encore. Pour gagner Kahlfontein il lui eût donc fallu s'avancer en utilisan. les seules portions sablonneuses; mais opérer ainsi c'était se laisser voir et très certainement recevoir des coups de feu à chaque pas.

La perplexité de Jan était extrême; il hésitait, ne sachant par où se diriger quand il aurait quitté son abri actuel, et la presque impossibilité de la tâche qu'il avait assumée lui apparaissait maintenant de façon désespérante.

« Ah! murmura à ce moment le jeune garçon, que n'ai-je les conseils de M. Le Léger, lui bien certainement découvrirait la solution qui m'échappe. »

Il demeurait là, toujours irrésolu, quand un péril inattendu vint le forcer à prendre, coûte que coûte, une résolution.

Derrière lui, dans la direction de la pyramide rocheuse, citadelle de ses compagnons, une troupe anglaise venait d'apparaître marchant de son côté. C'était la troupe dont la présence allait interdire désormais aux deux Afrikanders toute sortie en faveur de leur jeune ami.

A n'en pas douter, cette troupe s'était rendu compte de la situation unique, très favorable, présentée par le bouquet de bois dans lequel s'était réfugié Jan, et elle venait l'occuper.

Jan employa pour échapper à la vue des Anglais un procédé qui lui avait maintes fois réussi quand il avait voulu s'approcher à portée de fusil d'une antilope ou autre gibier facile à effaroucher; il se jeta à terre à la lisière du bois, puis rampant sur le sol, avança dans la direction de Kahlfontein.

Le pauvre garçon n'avait échappé à un danger que pour se jeter dans dix autres, il ne tarda pas à s'en apercevoir. Tous les abris

LES TROUPES ANGLAISES SE DISSIMULAIENT DANS LA BROUSSE.

naturels offerts par le terrain étant occupés par l'ennemi, lui-même n'en pouvait trouver aucun où se réfugier; sa seule ressource était de demeurer dissimulé dans les hautes herbes sans aucune possibilité de se lever, ne fût-ce qu'une minute; en effet, s'il se levait, il se montrait infailliblement, s'il se montrait le moindre mal qui pût lui arriver serait d'être fait prisonnier.

Malgré sa situation périlleuse, Jan ne perdait pas de vue sa mission; autant que cela lui était possible, il se rapprochait de Kahlfontein. Mais, à chaque instant, il était contraint à un détour par la présence d'Anglais sur sa route, par les déplacements fréquents de troupes qu'exécutait l'ennemi.

Vingt fois le pauvre Jan se vit sur le point d'être découvert, un parti d'Anglais ou un Anglais isolé venait de son côté; ou bien encore, dans sa marche rampante, il se rapprochait trop d'une position ennemie et soudain le bruit de voix toutes proches lui en signalait la présence alors qu'il était déjà bien tard pour s'en garer.

Heureusement Jan, dès sa plus tendre enfance, avait été habitué par sa vie continuelle au grand air, par ses chasses dans la brousse, aux ruses dont il avait à user en ce moment. Il parvint, sans avoir été découvert, à franchir enfin le demi-mille qui le séparait de la ligne de combat; mais pour franchir ce demi-mille, il lui fallut faire tant de détours, il lui fallut tant de fois revenir sur ses pas, que bien certainement il parcourut plus de cinq fois cette distance.

Un petit bois assez important se dressait sur cette ligne de combat, ce petit bois avait été constamment son objectif aussi fut-ce avec un soupir de soulagement qu'il l'atteignit.

Désormais il se croyait sûr du succès car de l'autre côté de ces arbres il trouverait le commando Villebois-Mareuil, et traverser ce bois sans être vu, fût-il rempli d'Anglais, lui semblait tâche aisée en comparaison de ce qu'il venait de faire.

Hélas! le pauvre garçon n'avait point compté les heures que lui avait coûtées son long cheminement; il ne se doutait point qu'au moment même où il pénétrait sous la frondaison protectrice, ceux à l'aide desquels il se portait se trouvaient à bout de résistance.

Parvenu dans le bois, Jan se redressa sur ses pieds, et être debout lui parut délicieux après son long cheminement toujours couché. Il prêta l'oreille, cherchant à s'orienter d'après les crépitements de la fusillade, tout proches maintenant.

Enfin, il se crut suffisamment sûr de sa direction, et délibérément il avança à travers bois, prêtant toujours l'oreille, fouillant du regard la végétation autour de lui, prêt à se jeter à nouveau à plat ventre s'il entendait le moindre bruit suspect, s'il apercevait un ennemi.

Il avait parcouru ainsi une centaine de pas, quand tout à coup, à son grand étonnement, le crépitement de la fusillade, intense encore tout à l'heure, cessa brusquement pour ne plus reprendre.

« Qu'y a-t-il? Qu'est-ce que cela veut dire? » murmura-t-il stupéfait.

Puis tout à coup il comprit et son cœur se serra amèrement. Cette cessation brusque du combat ne pouvait avoir qu'une signification : le commando de Villebois-Mareuil venait de capituler.

« Ah! s'écria-t-il, serais-je arrivé trop tard? Oh! non, c'est impossible. N'est-ce pas, mon Dieu, vous n'aurez pas voulu cela? Trop tard de quelques minutes seulement, car j'arrive, je vais arriver et en arrivant je les sauve. Oh! non, ce n'est pas possible! »

Et, oubliant toute prudence, oubliant de se cacher, tant était grande sa hâte de savoir, d'élucider ce problème dont il se refusait à admettre la seule solution cependant si simple, il se précipita en avant, courant de toute force dont il était capable....

Cinq minutes plus tard il savait. Il se trouvait face à face avec ce fatal drapeau blanc, emblème d'une capitulation à laquelle il n'avait pu croire, et au même instant il tombait aux mains d'une escouade anglaise qui débouchait du bois.

Bien que Jan fût sans autre arme qu'un couteau, son air égaré, ses vêtements salis et déchirés par sa longue pérégrination des trois dernières heures, disaient assez quel caractère devait lui être attribué; aussi fut-ce en prisonnier que, sans hésitation, le traitèrent les soldats anglais.

Les compagnons de Villebois-Mareuil faits prisonniers étaient déjà loin; attachés deux par deux avec des cordes, on les dirigeait sur Boshof. Quatre soldats conduisirent Jan devant un sous-officier anglais qui, en compagnie de deux volontaires du Cap, mangeait au pied d'un arbre.

« Que faisiez-vous dans ce bois? demanda à Jan en langue hollandaise le sous-officier qui, lui aussi, servait dans un régiment levé à Capetown.

— Je cherchais à rejoindre mes amis, répondit Jan.

— Vos amis boërs? »

Jan fit signe que oui.

« Vous paraissez bien jeune pour... quel âge avez-vous?

— Quinze ans bientôt.

— Voyez-vous ce gamin! Pourquoi avez-vous quitté votre maman?

— Je n'ai plus ma mère ni mon père, répondit Jan, j'ai quitté la ferme de mon grand-père pour combattre les envahisseurs de mon pays.

— Pour combattre! avec ce couteau?

— J'avais un fusil. Je sais me servir d'un fusil.

— Où est-il votre fusil?

— Je l'ai laissé là-bas pour pouvoir plus facilement rejoindre le général Villebois-Mareuil.

— Ainsi donc vous avouez faire partie de cette bande de rebelles?

— Je ne sais ce que vous voulez dire, répondit fermement Jan, il n'y a pas de rebelles ici, il y a des burghers libres qui luttent loyalement pour conserver leur indépendance. »

Agacé de ne rien trouver à répondre à cette juste rectification, le sous-officier haussa les épaules.

« Mais, s'écria à ce moment un des volontaires anglais en s'interrompant de manger, je reconnais cet enfant. Demandez-lui donc si ce n'est pas lui qui, aidé par deux Afrikanders de malheur, ne s'est pas évadé ainsi que sept autres prisonniers, il y a une dizaine de jours?

— Oui, c'est bien moi, répondit fièrement Jan, et les deux Afrikanders dont vous parlez sauront bien encore me tirer de vos mains, allez! »

Ces dernières paroles de Jan constituaient une bravade inutile et imprudente à laquelle il n'allait pas tarder de regretter amèrement de s'être laissé aller.

« Eh! Eh! repartit aussitôt le sous-officier, il paraîtrait que vos amis Afrikanders ne sont pas loin; continuez, mon jeune ami, continuez, dites-nous bien vite où ils sont, nous serons enchantés de faire leur connaissance et de leur offrir, à eux aussi, l'hospitalité de la Reine. »

Jan ne répondit point à cette plaisanterie qui suscita une grosse hilarité chez les Anglais.

« Attendez, attendez, dit alors un des volontaires, ces Afrikanders sont d'une remarquable adresse au tir, ne seraient-ce pas eux qui, embusqués je ne sais où, auraient atteint nos artilleurs dans l'attaque du kopje de ce matin. Vous vous le rappelez, le kopje était vide, et cependant six des nôtres avaient été mis hors de combat par des balles mystérieuses. On ne m'ôtera pas de l'idée que ces Afrikanders maudits étaient cachés quelque part sur nos derrières, et de là nous fusillaient à leur aise, tandis que nous croyions avoir l'ennemi devant nous.

— Vous entendez, reprit sévèrement le sous-officier en s'adressant à Jan, vous et vos compagnons êtes accusés d'assassinat. Vous méritez la mort, cependant je veux bien vous faire grâce si vous nous dites où se cachent vos complices.

— Assassinat! complices! s'écria Jan révolté, vous accusez d'assassinat des gens qui combattent pour leur pays, parce que ces gens plus habiles que vous ont su vous atteindre sans que vous puissiez deviniez d'où partaient les coups!... Faites de moi ce que vous voudrez. Vous allez me fusiller, dites-vous, si je ne trahis pas mes amis. Eh! bien, fusillez-moi, je ne veux point de la vie au prix auquel vous me l'offrez. Mais, prenez garde, en me fusillant c'est vous qui deviendrez des assassins et mon sang retombera sur vos têtes.

— Tout cela, jeune garçon, s'appelle des phrases, répondit le sous-officier. Soyons pratiques. En définitive c'est une affaire que je vous propose : votre peau en échange d'un renseignement....

— Prenez ma vie, interrompit Jan.

— Mais, comme toute affaire mérite réflexion, repartit imperturbablement l'Anglais, il est juste que vous ayez le temps de réfléchir. Nous allons finir de déjeuner, cela exigera au plus un petit quart d'heure. Alors je vous demanderai votre réponse. »

Jan haussa les épaules et tourna le dos à son interlocuteur.

Les Anglais furent plus longs qu'ils ne l'avaient prévu, vingt minutes, pour le moins, s'écoulèrent avant que leur repas, cependant fort simple, se trouvât terminé.

« LA MORT NE ME FAIT PAS PEUR », RÉPONDIT JAN.

Ces délais énervaient Jan, il avait hâte d'en finir; non qu'il craignît de chanceler dans sa résolution, mais le découragement l'avait saisi lui aussi; il voyait les revers accabler la cause de son pays et il préférait la mort à une captivité que rendrait infiniment dure l'annonce journalière de nouveaux succès remportés par les Anglais; il était dans un de ces états d'esprit où on ne raisonne plus, où on pousse les choses à l'extrême, où on adopte avec une satisfaction amère les pires résolutions.

« Eh bien! jeune homme, dit le sous-officier en se levant, qu'avez-vous décidé? A la réflexion, êtes-vous devenu plus raisonnable?

— Vous appelleriez être raisonnable, interrogea Jan, trahir mes compagnons, pour avoir la vie sauve?

— Parfaitement, répondit l'Anglais, et tout homme pratique pense comme moi.

— Eh bien! repartit Jan avec force, je ne suis pas pratique, moi, je ne trahis point, voilà mon dernier mot.

— A votre aise, répondit l'Anglais, d'autant plus que vous pouvez encore vous dédire. Jusqu'au commandement de feu je suis prêt à vous entendre.... Après, dame, ce sera un peu tard. »

Jan ne répondit rien et de lui-même alla s'adosser à un arbre, attendant le coup fatal.

Le sous-officier plaça sur deux rangs les quatre hommes dont il disposait; chacun d'eux avait pris un fusil. Puis, il se posta lui-même sur le côté, à la hauteur de Jan.

« Apprêtez vos armes », dit-il aux soldats qui glissèrent ostensiblement chacun une cartouche dans le tonnerre de leur carabine.

« Je vais commander : joue, expliqua alors le sous-officier en s'adressant à sa victime, puis je laisserai s'écouler dix secondes et je crierai : feu; vous avez donc encore environ une demi-minute pour réfléchir.

— Commandez ce que vous voudrez, répondit fièrement Jan, la mort ne me fait pas peur. »

Le sous-officier, continuant jusqu'à la dernière limite son système d'intimidation, ouvrait la bouche pour commander : joue, comme il l'avait annoncé, quand tout à coup, d'un fourré voisin, une voix forte avec un accent d'angoisse cria : « Jan! »

Au même instant, deux doubles détonations se succédaient venant de ce fourré, et les quatre soldats tombaient grièvement blessés.

Puis, sous les yeux de Jan et de l'Anglais stupéfaits, violemment le fourré s'écarta pour laisser passer deux chasseurs qui bondirent sur le sous-officier et en un clin d'œil l'eurent terrassé.

« Bravo! Hurrah! vive le Transvaal! » s'écria Jan.

En ses deux sauveurs le jeune garçon, avec un immense sentiment de joie et de gratitude, venait de reconnaître ses amis, ses protecteurs, Hartrem et Le Léger.

CHAPITRE XX

DIGNES FILLES DES BOERS

L A reddition du commando de Villebois-Mareuil avait entraîné le déplacement de la troupe d'Anglais dont la présence empêchait Hartrem et Le Léger de descendre de l'abri constitué par le baobab. Aussitôt qu'ils furent certains de pouvoir le faire sans être remarqués, ils abandonnèrent cet abri, cédant aux supplications d'Eland et de Bless qui, mortellement inquiètes du sort de Jan, les conjuraient de se porter au secours du jeune garçon.

« Je vous en prie, mesdemoiselles, leur avait dit Le Léger en les quittant, attendez-nous ici jusqu'à la nuit; si alors nous ne sommes pas de retour c'est que nous ne devrons pas revenir, et vous pourrez descendre de ce rocher; vous gagnerez le bois où Muti nous attend toujours avec les chevaux; Muti saura vous ramener au commando de Pretorius Van Dyl que, je m'en aperçois bien tard maintenant, nous n'aurions jamais dû vous permettre de quitter.

— Nous n'abandonnerons l'abri du baobab qu'à la nuit close, nous vous le promettons, répondit simplement Eland.

— A moins que vous ne reveniez nous chercher d'ici là; et vous nous reviendrez... avec Jan, ajouta Bless.

— Dieu vous entende! » répondit Hartrem.

Les jeunes filles virent les Afrikanders quitter la pyramide rocheuse par le chemin qu'avait suivi Jan trois heures auparavant, puis elles purent les accompagner des yeux à travers la plaine jusqu'à ce bois que le jeune garçon avait eu tant de peine à gagner. Après leur

11

entrée dans le bois, elles les perdirent de vue comme elles avaient perdu de vue leur cousin au même endroit.

Un quart d'heure se passa ensuite, quart d'heure d'angoisse pour les jeunes filles qui se demandaient, non sans terreur, quel drame inconnu se jouait sous les arbres lointains derrière lesquels Jan et ses deux amis se trouvaient isolés au milieu de la masse des Anglais.

Enfin, un double coup de feu retentit à la lisière la plus éloignée du bois, double coup de feu qui se répercuta douloureusement dans leurs cœurs. Elles ne pouvaient, à cette distance, reconnaître le son des carabines à répétition des Afrikanders qui venaient d'abattre quatre de leurs adversaires.

Un nouveau silence suivit....

Leur lunette permettait bien à Eland et à Bless de se rendre compte que cette double détonation avait produit une certaine agitation parmi les Anglais voisins du bois, mais la masse de verdure leur cachait toute autre scène.

Tout à coup Bless, dont à ce moment les yeux étaient rivés à la longue-vue, poussa un cri de désespoir et laissa tomber de ses mains l'instrument qui roula au pied du baobab où il se brisa.

« Bless, Bless, qu'y a-t-il, qu'as-tu vu? s'écria Eland en soutenant sa sœur prête à défaillir.

— Ils sont blessés, répondit Bless.

— Tous trois?

— Oui, tous trois.

— Comment le sais-tu?

— J'ai vu trois brancards sortir du bois portés par des Anglais.

— Et tu as reconnu Jan, nos amis, sur ces brancards? à cette distance!

— Oui, je les ai reconnus, j'en suis sûre; sur chaque brancard était un blessé coiffé d'un grand chapeau; les Anglais, tu le sais bien, portent des casques.

— Ah! s'écria Eland, mais ce peuvent être d'autres burghers, pas eux, pas nos amis.

— Non, non, ce sont eux, ils sont blessés, mortellement peut-être, ce sont eux.... mon cœur me l'a dit. »

Et, une détente se produisant, elle fondit en larmes.

« Qu'allons-nous faire? murmura Eland.

— Mais les rejoindre et les soigner, je suppose, ne sont-ils pas blessés? s'écria Bless.

— Oui, sœur chérie, telle a toujours été aussi ma pensée.... Je veux dire, comment ferons-nous pour les rejoindre? comment savoir où ils sont?

— Eh bien! descendons et allons à ce bois maudit, là nous trouverons des Anglais qui nous diront où on les conduit.

— Et comment voyagerons-nous ensuite pour les rejoindre? A pied? jamais nous ne parviendrions à les rattraper. Non, sœur chérie, écoutons la voix de la raison. Descendons, oui, mais allons retrouver Muti. Il a nos chevaux; avec ces chevaux nous gagnerons Boshof; là, dans une ville, nous serons moins suspectes, puis nous y trouverons des officiers anglais qui ne pourront refuser notre offre de nous faire les infirmières de nos blessés; tandis que si nous nous adressions à ces soldats là-bas, qui sait si on ne nous arrêterait pas, si on ne nous. . que sais-je?

— Ce sera bien long, murmura Bless.

— Mais c'est le plus sage, la seule voie raisonnable, insista Eland. Regarde, les Anglais s'éloignent; nous pouvons quitter notre abri sans inconvénient maintenant. Rejoignons Muti, nos chevaux, et gagnons Boshof. Deux femmes, suivies d'un Cafre, n'éveilleront guère le soupçon; on nous laissera passer. Nous pouvons être arrivées demain à l'aube; on nous dira où sont nos chers blessés; ne doivent-ils pas d'ailleurs avoir été dirigés sur Boshof?

— Tu as raison », répondit Bless en embrassant son aînée.

. . . .

CHAPITRE XXI

Muti n'ayant vu à aucun moment les Anglais inquiéter le poste du baobab n'avait pas eu à se rabattre sur Lang-Laagte pour y chercher du secours; il était resté fidèlement caché avec les chevaux à l'endroit convenu. Il ignorait l'expédition de Jan et des deux Afrikanders, aussi fut-il très étonné de voir, à la nuit tombante, Eland et Bless le rejoindre seules.

Les chevaux ayant eu vingt-quatre heures de repos complet ne demandaient qu'à partir, aussi les deux jeunes filles, pleines d'une fiévreuse impatience, furent-elles bientôt en selle, et dix minutes après leur rencontre avec Muti elles prenaient au grand trot le chemin de Boshof.

Le brave Cafre avait bien compris, d'après les explications de ses jeunes maîtresses, que leur cousin et ses amis blessés étaient aux mains des Anglais, mais il ne pouvait admettre qu'on cherchât à les rejoindre. Dans sa simplicité d'homme sauvage il lui était impossible de concevoir pourquoi ses jeunes maîtresses voulaient de propos délibéré se jeter dans la gueule du loup, et n'était-ce pas se jeter dans la gueule du loup que se rendre à Boshof, ville occupée par l'ennemi?

Néanmoins, les jeunes filles lui ayant enjoint de les accompagner, il enfourcha un des chevaux et se mit à leur suite.

Eland et Bless n'avaient donné aucun ordre relativement aux autres chevaux, Muti prit sur lui de les emmener, et les dociles ani-

maux, ayant été attachés à la queue les uns des autres, le Cafre se
trouva escorter les jeunes filles en traînant derrière lui quatre superbes
bêtes non compris celle qu'il montait.

Cette détermination du Cafre constitua une circonstance heureuse
car, utilisée par l'esprit ingénieux de Bless, elle permit aux jeunes
filles de se faire passer le long de la route pour les filles d'un colon
qui allaient à Boshof vendre les chevaux de leur père; et la chose
paraissant vraisemblable, deux enfants de leur âge ne pouvant d'autre
part être un sujet d'inquiétude, les patrouilles anglaises qu'elles croi-
sèrent les laissèrent toujours passer.

Tant que la lune éclaira la plaine, les vaillantes filles voyagèrent
le plus rapidement qu'il leur fut possible, mais vers deux heures du
matin la nuit enfin complète les contraignit à un arrêt; d'ailleurs,
elles, les chevaux montés, et même le vigoureux Muti, avaient besoin
de repos.

Sur leur route se rencontra une masure, hutte indigène abandonnée
sans doute depuis longtemps; elles s'y réfugièrent.

Muti, chez qui, en sa qualité de demi-sauvage, la nature ne perdait jamais ses droits, s'inquiéta aussitôt de réparer les forces des
bêtes et des gens. Il distribua aux premières une ration du grain
qu'elles portaient dans un sac suspendu à leurs selles, puis alluma un
feu au-dessus duquel il disposa un quartier de venaison.

Pendant ce temps, Eland et Bless, accablées plus encore par la
tristesse que par la fatigue, s'étaient laissé tomber sur un tronc
d'arbre, banc primitif de la primitive demeure, et par instants elles
échangeaient leurs décevantes pensées.

« Ma crainte, dit Eland, est d'arriver trop tôt à Boshof.

— Comment trop tôt? riposta Bless.

— Eh oui! D'après ce que tu as vu, ou cru voir, nos amis sont
blessés, ils ne peuvent voyager aussi vite que nous qui allons à cheval;
peut-être même ne les fait-on point voyager de nuit, et nous arriverons avant eux à Boshof.

— Qu'importe, repartit Bless, à Boshof nous trouverons à qui
parler, où nous renseigner, et cette incertitude actuelle qui me pèse...
oh! oui, me pèse horriblement, sera dissipée.

— Elle me pèse aussi, mais avant tout il ne faut rien compromettre. Si nous faisons quelque démarche avant l'arrivée de nos

chers blessés, on nous demandera comment nous savons qu'ils ont été faits prisonniers, et nous paraîtrons suspectes. Ne serait-il pas plus sage de les rejoindre d'abord; après les avoir vus, nous demanderions à les soigner. Notre rencontre avec eux pourrait passer pour fortuite; tout au moins notre demande semblerait naturelle. »

Bless fit un signe d'assentiment et laissa retomber désespérée sa tête dans ses mains puis elle dit :

« Ah! si nos amis étaient là pour nous conseiller : M. Le Léger par exemple.... M. Le Léger, lui, trouverait certainement un moyen... n'en a-t-il pas déjà trouvé un!

— Un moyen! pour quoi faire? demanda Eland.

— Mais pour délivrer les prisonniers.

— Quoi! Tu voudrais qu'à nous deux nous parvenions à rendre la liberté à nos captifs au milieu de toute l'armée anglaise?... Voyons!... Bless.

— Ah! murmura Bless avec un nouveau découragement, voici que je divague... oui, je divague, je le sens. C'est bien là le fond de ta pensée, n'est-ce pas, Eland? »

Eland s'approcha de sa sœur, passa un bras autour de son cou délicat et, l'attirant à elle, l'embrassa.

« Bless, ma petite Bless chérie, dit-elle, calme-toi, je t'en prie. Non, tu ne divagues point, tu as peut-être raison... laissons se produire les événements... rapprochons-nous de nos amis, et....

— Nous les délivrerions, tu crois que nous pourrions les délivrer? Tu as un projet? s'écria Bless dont soudain les larmes se séchèrent.

— Non, je n'ai aucun projet, et hélas! la chose me semble bien difficile pour ne pas dire impossible... néanmoins espérons.

— Oh! l'espérance! murmura Bless, l'espérance! Je n'y crois même plus. »

Eland, navrée plus encore par cette amère désolation de sa sœur, se sentait, elle aussi, prête à pleurer; elle attira sa cadette tout à fait contre elle, et ne trouvant plus de mots, craignant d'éclater en sanglots si elle ouvrait la bouche, elle la berça sur son sein comme une mère eût bercé son enfant.

Quand Muti, porteur d'un tison embrasé, entra dans la cabane dix minutes plus tard, il trouva les jeunes filles dans la même situation, et à la lueur de la primitive torche, l'ensemble de ces deux êtres charmants formait un tel groupe de désolation et de tendresse que le Cafre s'arrêta sur le seuil, ému lui-même, n'osant entrer.

Enfin il se décida, planta son flambeau dans le sol sablonneux, et sans rien dire déposa devant les jeunes filles le quartier de venaison fumant qu'il avait fait rôtir à leur intention.

« Merci, Muti », dit simplement Eland.

Puis, quand le Cafre se fut retiré :

« Allons, Bless, dit-elle, mangeons ce que ce brave garçon a préparé pour nous.

— Je n'ai guère faim, répondit la jeune fille.

— Ni moi non plus, riposta Eland. Il faut néanmoins manger; ne convient-il pas que nous ayons des forces pour mener à bien notre tâche? »

Dès les premières lueurs de l'aube, les jeunes filles, suivies de leur escorte chevaline conduite par Muti, se mirent en route. A sept heures du matin la petite caravane arrivait sans encombre à Boshof.

Le gros bourg boër était rempli de troupes anglaises. Malgré l'heure matinale, il était le siège d'une grande animation.

Cette animation, Eland et Bless le surent bientôt, était due à la nouvelle de la mort du général Villebois-Mareuil, nouvelle qui commençait à circuler grossie par les uns et les autres d'une foule de détails imaginaires.

On représentait généralement la défaite et la capture des quatre-vingt-dix hommes du commando Villebois-Mareuil comme une grande victoire, à la suite de laquelle toute une armée boër avait capitulé!

Les jeunes filles n'auraient su où se réfugier, les maisons, les huttes indigènes et même les étables, étaient occupées par les soldats de la Reine, si elles n'avaient eu la bonne fortune de connaître un peu une des familles aisées de la localité.

A la première femme boër qu'elles rencontrèrent elles demandèrent l'adresse de M. Van Boot.

« Van Boot! répondit cette femme, il est parti pour la guerre avec ses deux fils; il se bat quelque part du côté de Kroonstadt. Si vous cherchez par ici des burghers vous n'en trouverez point; nos pères, nos maris et nos fils ont tous le fusil à la main et courent la brousse au loin.

— Mme Van Boot est-elle restée à Boshof? demanda Eland.

— Oui; la pauvre femme aurait bien voulu accompagner son mari pour le soigner à la guerre, lui faire sa cuisine, panser ses blessures s'il vient à être blessé; mais elle a quatre petits enfants tout jeunes, qui en eût pris soin? Elle est restée ici, et l'aînée de ses filles, une gamine de quinze ans, la remplace auprès de son père et de ses frères.

— Nous la trouverons donc chez elle. O indiquez-nous vite sa demeure. »

Le logis des Van Boot, l'une des constructions les plus soignées de la petite ville, se voyait non loin de là dans la rue principale. Une minute plus tard, Eland et Bless mettaient pied à terre devant sa porte et y sonnaient.

Un soldat anglais vint ouvrir. La maison paraissait veuve de ses habitants; en tout cas, elle était remplie d'habits rouges. Bless, effrayée et intimidée, ne songeait plus qu'à battre en retraite; Eland, plus brave, pénétra dans le logis et force fut à sa sœur de la suivre.

L'intérieur de la gracieuse habitation boër semblait au pillage tant y régnait le désordre le plus affreux, triste conséquence de toute occupation par l'ennemi en temps de guerre.

Eland, le cœur serré par ce spectacle, avança bravement jusqu'au fond du vestibule; et il lui fallait vraiment du courage pour faire ces quelques pas, car l'entrée des deux jeunes filles dans cette demeure transformée en caserne avait amené sur les portes des chambres trois ou quatre officiers anglais.

Eland, pâle d'émotion, Bless, toute rougissante, gagnèrent le pied de l'escalier intérieur et là, Eland, d'une voix forte, cria en hollandais :

« Madame Van Boot, êtes-vous ici? Voulez-vous accorder l'hospitalité aux petites-filles de Oom Rysker? »

A ces mots, une voix répondit en la même langue du haut de l'escalier :

« Qu'entends-je? Ce seraient vous les petites-filles de notre ami Oom Rysker? Ce seraient vous Eland et Bless? Montez, montez vite, mes enfants, que je vous embrasse. »

Et une grosse femme d'une quarantaine d'années, portant le costume boër de la classe aisée, commença à descendre les marches.

Eland et Bless s'élancèrent agiles vers elle.

Mme Van Boot accueillit les jeunes filles de la manière la plus affable; elle les reçut dans l'unique chambre du premier étage qu'elle avait pu conserver, et bien que son logement se trouvât assez resserré elle ne voulut point que ses jeunes amies en cherchassent d'autre.

« Ici, sous ma garde, vous serez en sûreté, dit-elle; il existe de l'autre côté de cette porte un cabinet, nous y disposerons deux matelas pour vous; nul ne pourra y pénétrer sans passer par cette pièce où j'habite avec mes quatre enfants. »

De ces enfants, l'aînée était une fillette d'une dizaine d'années, charmante sous ses longs cheveux blonds; les autres, trois petits garçons de huit, six et cinq ans, de vrais petits hommes, avaient déjà la haine de l'envahisseur, et leur mère était obligée de les surveiller car ils ne parlaient souvent de rien moins que d'aller attaquer les officiers de l'étage inférieur.

Quand Mme Van Boot sut par suite de quelles circonstances Eland et Bless se trouvaient à Boshof, ayant pour tout protecteur un serviteur cafre, elle leur conseilla de ne faire auprès des autorités anglaises aucune démarche avant l'arrivée des prisonniers.

« Cette arrivée ne peut tarder, leur dit-elle. Les troupes qui ont attaqué le général Villebois-Mareuil, je le sais par un des officiers qui logent ici, rentreront demain; les prisonniers et les blessés les suivront. Quand ils reviendront ils passeront inévitablement devant mes fenêtres, vous n'aurez qu'à vous mettre à l'une d'elles et vous verrez vos amis. Vous pourrez même ainsi vous faire reconnaître d'eux plus aisément que si vous étiez dans la rue, car il vous suffira à vous de les appeler, à eux de lever les yeux, pour que vos regards se croisent; tandis que perdues dans la foule vous auriez bien de la peine à les voir et plus encore à être vues d'eux. »

Eland et Bless remercièrent chaleureusement la digne femme de ses conseils et se promirent de les suivre.

Il ne leur restait qu'une crainte, mais ni l'une ni l'autre n'en soufflèrent mot. Elles redoutaient que l'un de leurs amis ou tous trois peut-

UN PASTEUR PROTESTANT LUT QUELQUES VERSETS DE LA BIBLE.

être ne se fussent trouvés trop grièvement blessés pour pouvoir être transportés à Boshof....

Les troupes anglaises venant de Kahlfontein traversèrent Boshof le lendemain matin, et, comme l'avait prévu Mme Van Boot, elles passèrent sous ses fenêtres. A leur suite venait un premier convoi de prisonniers dont quelques-uns étaient légèrement blessés, et ce fut avec un grand serrement de cœur que les deux sœurs constatèrent l'absence de leurs amis parmi ces captifs. Leurs craintes à l'égard de Jan et des deux Afrikanders allaient-elles se réaliser? Ceux-ci étaient-ils intransportables ou même, chose affreuse, étaient-ils morts tous trois des suites de leurs blessures, loin d'elles, loin de toute consolation?

Ce convoi de prisonniers comprenait une vingtaine d'hommes, presque tous des étrangers, Russes, Français et Hollandais, derniers débris du commando de Villebois-Mareuil. Ces malheureux, déguenillés, les vêtements en lambeaux, encore humides de l'orage de la nuit précédente, paraissaient épuisés.

La foule rassemblée sur leur passage, composée en majeure partie de soldats, restait silencieuse; beaucoup de femmes boërs pleuraient, et certains Anglais paraissaient aussi éprouver pour les captifs le double sentiment qu'ils étaient seuls capables d'inspirer : l'admiration pour leur noble conduite, la pitié pour leur misère actuelle.

Les troupes, ayant ces prisonniers à leur gauche, se massèrent au fond d'un jardin situé près de l'église de Boshof, dans l'intérieur duquel Eland et Bless avaient vue grâce à leur situation élevée.

Les deux jeunes filles se perdaient en conjectures sur ces dispositions; elles se demandaient avec angoisse si on n'allait pas fusiller ces malheureux, quand leur hôtesse survenant leur donna le mot de l'énigme.

« Un des officiers que je loge, leur dit-elle, m'apprend que l'on va procéder aux obsèques du général Villebois-Mareuil dans le jardin de l'église. Le corps de l'infortuné général suit ce premier convoi de prisonniers; un second l'accompagne.

— Savez-vous si Jan, si nos amis en font partie? demanda anxieusement Bless.

— Il est impossible d'être renseigné à ce sujet, répondit Mme Van Boot, mais cela ne fait aucun doute. »

A ce moment, en effet, un second cortège débouchait dans la petite ville.

En tête venait une musique militaire anglaise jouant une marche funèbre, puis un cercueil recouvert d'un drapeau tricolore français, le cercueil de Villebois-Mareuil ; enfin, derrière les troupes qui encadraient le cercueil et lui rendaient les honneurs funèbres, marchaient, libres en apparence, une douzaine de Français et de Boërs prisonniers, ceux-là tous blessés.

Bless faillit pousser un cri de joie, et avec un ineffable bonheur elle agita son mouchoir à la fenêtre. Parmi ces captifs elle avait reconnu son cousin et les deux Afrikanders.

Le Léger portait un bras en écharpe ; un large bandeau ensanglanté entourait la tête énergique d'Hartrem, et Jan, qui s'appuyait sur le bras du géant, paraissait souffrir de la jambe droite dont un pansement recouvrait la partie haute.

Les trois hommes avaient reconnu leurs amies. Tristement ils leur souriaient.

« Vous êtes blessés? leur cria Eland quand ils passèrent sous les fenêtres.

— Rien de grave », répondit laconiquement Jan en s'efforçant de dissimuler sa boiterie.

Le Léger fixa les jeunes filles en portant un doigt à ses lèvres, et celles-ci, constatant un mouvement d'impatience parmi les soldats qui entouraient leurs amis, se turent, craignant pour eux si elles les interpellaient encore.

Le cortège funèbre se dirigea vers les troupes déjà rangées dans le jardin voisin, on déposa le cercueil recouvert des couleurs françaises auprès d'une fosse fraîchement creusée, puis les prisonniers se massèrent d'un côté de cette tombe tandis qu'un groupe d'officiers anglais s'en approchait de l'autre côté.

Alors un pasteur protestant s'avança et lut quelques versets de la Bible, religieusement écoutés par tous les assistants ; puis le cercueil fut descendu dans la fosse pendant que les troupes présentaient les armes et que les musiques anglaises jouaient.

Presque toutes les femmes boërs présentes pleuraient ; certains des compagnons de Villebois-Mareuil eux-mêmes ne pouvaient retenir les larmes qui étouffaient chacun d'eux.

Enfin, la première pelletée de terre fut jetée sur le cercueil par le pasteur.

Cette terre de l'Afrique du Sud, pour les vaillants enfants de laquelle il avait donné sa vie, allait se refermer à jamais sur les restes du héros français, victime de son dévouement. Mais cette terre resterait-elle libre, comme il l'avait tant désiré? Telle était la redoutable question que se posaient avec angoisse les burghers présents.

CHAPITRE XXII

EN ROUTE POUR SAINTE-HÉLÈNE

ELAND et Bless se rendirent le soir même au bureau chargé de la délivrance des permis exigés pour soigner les prisonniers blessés.

On les fit comparaître devant un officier anglais auquel elles exposèrent qu'elles désiraient être autorisées à accompagner trois burghers pour leur donner leurs soins.

« Ces sortes d'autorisation, répondit l'officier, ne se donnent qu'aux proches parents des blessés. Ces prisonniers sont-ils vos parents?

— L'un d'eux, Jan Rysker, répondit Eland, est notre cousin germain, presque notre frère attendu qu'orphelins lui et nous nous avons été élevés ensemble par notre grand-père commun Oom Rysker.

— Oom Rysker, Paul Rysker, propriétaire d'une ferme près de la frontière du Transvaal et de la Rhodésia? interrogea l'officier après avoir consulté une liste placée sur sa table.

— Oui, Oom Paul Rysker, c'est bien cela, répondit Eland étonnée que l'officier parût connaître, au moins de nom, son grand-père.

— Vous êtes les petites filles de ce Rysker? reprit l'officier, il n'y a aucune objection à ce que vous soyez autorisées à vous rendre au Cap... plus loin même si vous le désirez. Je vais vous signer un permis qui vous permettra de donner vos soins à Jan Rysker. A Kimberley vous devrez faire approuver cette autorisation par mon chef....

— Le permis comprend seulement Jan? demanda Bless.

— Avez-vous un lien quelconque de parenté avec les deux autres prisonniers dont vous m'avez parlé? » riposta l'Anglais.

Bless hésita un instant, puis bravement, toute rougissante, elle dit :

« L'un deux, M. Le Léger, est pour moi... je le considère un peu comme mon fiancé.

« Et, ajouta-t-elle très vite, plus affirmative cette fois, l'autre, M. Hartrem, est le fiancé de ma sœur. »

Eland tressauta, rougit à son tour, mais ne protesta point.

L'officier regarda les jeunes filles, sourit et dit :

« Vous me permettrez bien, mesdemoiselles, si je revois MM. Hartrem et Le Léger de les féliciter du choix dont ils ont été l'objet; certes ce leur est une bonne fortune enviable que d'avoir pour fiancées d'aussi charmantes jeunes filles. »

Et comme Eland et Bless fort troublées ne savaient quelle contenance tenir, l'officier mit fin à leur embarras en leur tendant un papier imprimé dont il venait de remplir les vides.

« Voici votre permis, dit-il, il est complet et, suivant votre désir, comprend trois noms. »

Dès que les jeunes filles furent à nouveau seules, Eland vivement dit à sa sœur :

« Voyons, Bless, qu'as-tu été raconter à cet Anglais, tout à l'heure?

— Crois-tu, répondit la jeune fille en souriant, que nous aurions eu notre permis sans cela?... Puis, au fond, lui ai-je fait un si gros mensonge?

— Non, pas précisément... peut-être », repartit Eland soudain devenue songeuse.

Grâce à ce permis, Eland et Bless purent le jour même voir leurs amis et ensuite les accompagner à Kimberley d'où, par le chemin de fer, ils devaient gagner Capetown. On les autorisa même à les faire monter dans le chariot qu'elles avaient acheté à Boshof pour ne point faire la route à pied; Muti conduisait ce chariot.

Après les premiers instants consacrés à la joie de se retrouver, Jan raconta à ses cousines son odyssée dernière et celle de ses amis. A peine les deux Afrikanders venaient-ils, à Kahlfontein, d'intervenir en faveur de leur jeune compagnon qu'une vingtaine de soldats

UN OFFICIER ANGLAIS S AVANÇA VERS ELLES.

anglais, attirés par le bruit de leur quadruple coup de feu, s'étaient jetés sur eux.

Les deux Afrikanders et même Jan avaient opposé une résistance désespérée. Le prodigieux Hartrem surtout avait fait l'admiration de ses ennemis par la vigueur avec laquelle il en avait terrassé quatre. Enfin, accablé par le nombre, l'arcade sourcilière fendue par un coup de crosse, aveuglé par son sang, le géant auquel s'était suspendue une véritable grappe humaine avait dû s'avouer vaincu. Le Léger et Jan, blessés tous deux, le premier par un coup de feu qui, tiré à bout portant, lui avait brisé le bras gauche, le second par un coup de baïonnette qui lui avait traversé le haut de la cuisse, étaient déjà hors de combat.

Sans être graves, les blessures des trois vaillants héros, champions du Transvaal, étaient sérieuses et nécessitaient des soins dévoués. Par une sorte d'accord tacite Eland s'institua l'infirmière du gigantesque Hartrem et Bless celle de Le Léger ; quant à Jan, les pansements de sa jambe blessée, particulièrement difficiles à poser et à faire tenir, exigeaient le concours de deux personnes, aussi jouissait-il du privilège d'être soigné par ses deux cousines à la fois.

Jusqu'à Kimberley le voyage eut lieu pour les blessés dans des chariots traînés par des bœufs, de ces lourds et massifs chariots boërs réquisitionnés à cet effet par les Anglais. Ces peu confortables véhicules marchaient encadrés par un escadron de yeomanry composé de jeunes volontaires anglais de bonne famille que commandait un officier parlant fort correctement le français, comme ayant fait une partie de ses études au collège Sainte-Barbe, à Paris.

Malgré les souffrances que leur causaient les cahots de ces primitives voitures sur le non moins primitif chemin de Boshof à Kimberley, cette partie de leur voyage au Cap fut, pour nos captifs, la moins pénible.

Le commandant de l'escorte, homme des plus aimables, leur laissait partager le chariot loué par Eland et Bless ; à aucun moment ils n'étaient séparés des jeunes filles.

Le dimanche 8 avril, à huit heures du soir, le convoi de prisonniers arriva à Kimberley, et là, au grand regret des captifs, il leur fallut changer de maîtres. Les deux Afrikanders et Jan, d'ailleurs tous trois en pleine convalescence, furent enfermés dans la prison de la ville, mais leurs jeunes amies s'en virent impitoyablement refuser la porte; on leur déclara tout net que, durant le séjour des prisonniers à Kimberley, il leur serait interdit de les voir. L'attitude de la population, éminemment hostile aux Boërs, était sans doute pour beaucoup dans cette décision de l'administration anglaise, et Eland et Bless s'aperçurent vite qu'il y aurait danger pour elles à révéler leur qualité de filles du Transvaal.

Les deux jeunes filles s'étant vu refuser l'autorisation de suivre leurs amis en prison voulurent au moins être assurées de pouvoir les accompagner au Cap. Elles s'informèrent sans retard du jour et de l'heure de leur départ et apprirent qu'ils seraient embarqués dans des wagons spéciaux aménagés en prison, le 11 avril à quatre heures de l'après-midi.

Munies de ce précieux renseignement, elles se rendirent à la gare pour retenir leurs places et celle de Muti, sage précaution car le nombre des voyageurs était parfois tel que les derniers venus ne trouvaient plus à se loger dans les voitures en partance.

En revenant de la gare, les jeunes filles se trouvèrent tout à coup en face d'un spectacle extraordinaire, unique au monde, dont l'inattendu les détourna un instant — chose cependant difficile — de leurs tristes pensées. A l'extrémité d'une rue s'ouvrit brusquement devant elles un abîme béant, d'une telle taille que sa formation semblait devoir être attribuée à quelque cataclysme naturel, et cependant c'était là un produit du travail de l'homme.

Cet abîme constituait une des quatre mines diamantifères de la région. Il figurait assez bien une ellipse immense de quatre cents mètres de longueur et cent soixante de profondeur.

Sur trois cents pieds tombait une paroi à pic devant laquelle Bless, prise de vertige, recula en poussant un léger cri. Au seuil de cette falaise artificielle descendait le long de deux cents autres pieds un talus raide formé de débris de toute nature; au centre de l'abîme enfin dormait un lagon, et au-dessous de ce lagon se balançait une plate-forme en bois suspendue à des câbles de fer tendus au-dessus du vide. Non loin de cette pièce d'eau deux puits reliés par d'autres câbles au terrain supérieur, puis une galerie trouaient de taches noires la couleur grisâtre des terres. Cette galerie et ces puits, les cousines de Jan l'apprirent bientôt, sont l'origine de l'exploitation

souterraine actuelle qui a substitué ses rameaux invisibles à l'exploitation primitive créatrice de cet abîme ouvert dans le sol diaman-
tifère dont les terres triées peu à peu et motte à motte livrèrent leurs
diamants à la main avide des travailleurs.

Le 11 avril, dès trois heures, les prisonniers boërs furent conduits à la gare pour être embarqués par trente dans des wagons à
marchandises aménagés en prison. Eland et Bless se trouvaient sur
leur passage et reconnurent dans un des groupes Jan suivi des deux
Afrikanders.

Les trois amis avaient vaillamment supporté leur dure détention,
ni l'énergie morale, ni la vaillance physique ne semblaient les avoir
abandonnés; ils saluèrent les jeunes filles, et Jan parvint à leur jeter
ces mots qui les remplirent d'étonnement :

« Oom Rysker est à Capetown.... »

Elles ne purent en entendre davantage car la foule, massée sur le
passage du convoi de captifs, poussait à leur intention des cris de
fureur qui couvrirent la voix du jeune garçon. Cette foule se composait en majeure partie de femmes et presque exclusivement de colons
anglais, elle venait de subir un siège de quatre mois au cours duquel
elle en avait été réduite à manger du cheval, voire même des rats,
aussi était-elle très surexcitée contre les Boërs. Les hommes leur
montraient le poing, les femmes les criblaient d'injures violentes;
heureusement l'escorte des soldats anglais se montra des plus cor-
rectes et tout se borna à ces démonstrations inoffensives auxquelles
les vaillants burghers étaient trop fiers pour répondre.

« Oom Rysker est à Capetown! » Que signifiaient ces paroles de
Jan? Le vieillard à Capetown! Les Anglais avaient-ils donc fait de
lui un otage? Très inquiètes Eland et Bless se perdaient en conjectures. Elles se demandaient, non sans angoisse, comment leur grand'-
père avait supporté ce long voyage et craignaient de le trouver
presque agonisant à leur arrivée dans la capitale de la colonie du
Cap.

Le train mit plus de deux jours pour aller de Kimberley au Cap,
fréquemment en effet il était obligé de ralentir son allure, la voie
coupée par les belligérants et sommairement réparée n'offrant pas
une sécurité bien grande. Enfin après cinquante-quatre mortelles
heures on parvint à Capetown, et les jeunes filles purent enfin commu-

niquer avec leurs amis qui leur apprirent ce qu'ils savaient de leur grand-père.

Oom Rysker, désolé de l'inaction à laquelle le condamnait son âge, avait voulu se rendre néanmoins utile à la cause de son pays; il était allé à Capetown où il comptait de nombreux amis, et là son efficace propagande en faveur d'un soulèvement général des Afrikanders au cri de « Vivent les États-Unis de l'Afrique du Sud », n'avait pas tardé à attirer sur lui l'attention des Anglais. On l'avait emprisonné puis dirigé sur l'île Sainte-Hélène à bord d'un navire parti l'avant-veille seulement.

A ce récit les jeunes filles se rappelèrent quelle impression avait semblé faire à Boshof sur l'officier anglais qui les interrogeait l'annonce de leur étroite parenté avec le vieux burgher, mais elles n'en purent déduire pourquoi on les avait avec tant de facilité autorisées à se rendre au Cap.

Bientôt elles eurent la clef de l'énigme.

Le lendemain matin elles étaient convoquées devant l'un des principaux agents du Gouvernement de la colonie, et un gentleman des plus corrects leur tenait à peu près ce langage :

« Misses, votre grand-père est à Sainte-Hélène, votre cousin Jan Rysker et ses compagnons vont y être également relégués, d'autre part nous manquons là-bas d'infirmières pour soigner vos compatriotes blessés. Toutes ces raisons nous ont décidés à faire en votre faveur une exception : vous serez admises en qualité de passagères à bord du transport qui doit conduire à Sainte-Hélène votre cousin. »

CRONJE ET RYSKER SE VOYAIENT FRÉQUEMMENT.

CHAPITRE XXIII

PRISONNIERS A SAINTE-HÉLÈNE

L A perspective de l'exil à Sainte-Hélène était adoucie pour Eland, Bless et Jan par la pensée que dans l'île-prison ils retrouveraient leur grand-père. Elle était adoucie pour Hartrem et Le Léger par l'assurance qu'à leurs côtés ils continueraient à avoir ces deux charmantes filles dont la douceur de caractère, mêlée à une vaillance de sentiments bien boërs, avait définitivement assuré la conquête de leurs cœurs.

A Sainte-Hélène, les deux Afrikanders et Jan, traités en prisonniers, se trouvèrent en assez piètre condition. Eland et Bless n'eurent point de peine à découvrir parmi les familles boërs déjà installées dans l'île, des amis qui leur offrirent l'hospitalité, et dès le lendemain de leur arrivée, à leur grande joie, on les autorisa à visiter leur grand-père.

Paul Rysker, en sa qualité de captif de marque, était mieux partagé que ses compagnons d'infortune ; il avait obtenu d'être logé dans une des dépendances de Kent-Cottage, villa qu'habitait son ami le fameux général Cronje, et la possibilité pour Cronje et lui de se voir fréquemment, de vivre presque constamment ensemble, était un grand adoucissement apporté à leur captivité à tous deux.

Le vieux Rysker démêla aisément quel tendre sentiment unissait Eland et Hartrem d'une part, Bless et Le Léger d'autre part ; il était loin de désapprouver le choix fait par ses petites-filles de ces chasseurs, sans fortune il est vrai, mais possédant l'un et l'autre ce qui, au

Transvaal, est prisé par-dessus tout : un bras solide au service d'un cœur à toute épreuve.

Quand Le Léger d'abord, puis Hartrem encouragé par l'exemple de son compagnon, lui exposèrent leur ambition de devenir ses petits-fils, il ne les découragea point, mais en ardent patriote, pensant toujours à la cause de son cher Transvaal, désireux de lui assurer une seconde fois le concours des deux vaillants Afrikanders, il ajourna sa réponse définitive jusqu'au retour dans le Sud-Africain. Ainsi il comptait surexciter en les deux chasseurs leur désir de s'évader de Sainte-Hélène, désir déjà bien grand chez Jan et chez eux, surtout depuis qu'on avait appris que, réveillées de la torpeur momentanée dans laquelle les avaient jetées les derniers revers, les Républiques sud-africaines avaient entrepris, et non sans succès, cette guerre de guérillas si bien faite pour séduire tout esprit aventureux.

TABLE DES MATIÈRES

316 04. · Coulommiers. Imp. PAUL BRODARD. — 5 04.

www.ingramcontent.com/pod-product-compliance
Lightning Source LLC
Chambersburg PA
CBHW051833020726
47502CB00005B/1768